Dagmar Meyer

Schwarze Spinne

Weiße Schlange

Roman

Impressum

Text: Dagmar Meyer
Titelbild: Jürgen Zloch

Copyright: Dagmar Meyer   2017

ISBN 978-3-7439-5678-0 (Paperback)
ISBN 978-3-7439-5679-7 (e-Book)

Verlag, tredition GmbH, Hamburg

Nicht in die ferne Zeit verliere dich!
Den Augenblick ergreife!
Der ist Dein.

Friedrich Schiller

Für Günther

1

Schatten im Flur, geschmeidig, geduckt, schwarz an weißen Wänden, als wolle er unter den Geräuschen hinwegtauchen, die ihn aus Räumen hinter Türen anspringen. Die gleichförmige Stimme eines Lehrers, die zornige eines anderen, die fragende eines dritten, Gelächter einer ganzen Klasse, der zittrige Vortrag eines ängstlichen Mädchens; nichts kann den schwarzen Schatten aufhalten, er hat ein Ziel.

Hannes atmet heftiger, die Augäpfel flattern unter unruhigen Lidern, der Mund ist leicht geöffnet, auf der Stirn stehen Schweißtropfen, die Hände irren über die Bettdecke, krampfen sich in den Bezug, als suchten sie einen Halt, nach einer Möglichkeit, den schwarzen Schatten aufzuhalten in seinem Tun.

Jetzt hat er sein Ziel erreicht, die letzte Tür auf der rechten Seite, eine Tür wie alle anderen, dunkelblau gestrichen, und doch bestimmt als Pforte zum schaurigen Ort. Schon entsichert der Mörder seine Pistole, hebt sie auf Augenhöhe, zielt. Fast jede Nacht hört Hannes dieses Klicken, den Höhepunkt des brutalen Spuks. Gleich wird der Unbekannte die Tür aufreißen und sein tödliches Werk beginnen. In diesen Sekunden zwischen Leben und Tod die Stimmen eines Lehrers und Schülers im Wechselgespräch, vertraute Stimmen. Mathematik bei Herrn Hauser. Roland muss an der Tafel vorrechnen, die Mitschüler schreiben in ihre Hefte. Hannes weiß, dass Roland die Aufgabe mühelos lösen könnte, denn Roland ist gut in Mathe, aber er weiß auch, dass der Rechenkünstler nicht mehr dazu kommen wird, ein Ergebnis an die Tafel zu schreiben ...

Tische und Stühle knallen auf den Boden, Türen springen auf, Schritte auf dem Flur, die Schreie der Fliehenden. Sirenen von Polizei, Feuerwehr, Krankenwagen rasen durch seinen Kopf.

Mit einem Ruck setzt sich Hannes auf, noch gefangen im Traum, stoßweise atmend mit weit aufgerissenen Augen, will schreien, Roland, Herrn

Hauser, die arbeitenden Schüler warnen. Doch kein Ton kommt aus seinem Mund, nur röchelnder Atem.

Nein, Hannes wird nicht zum Lebensretter, zum Helden, den Schulleitung und Kollegium, Mitschüler und Presse feiern; stattdessen explodieren Schüsse und Schreie in seinem Kopf wie in jeder Nacht, wenn Hannes diesen Traum durchleidet. Und das geschieht oft.

Hannes ließ sich auf das Kopfkissen zurückfallen, versuchte ruhig zu atmen. Fahles Licht fiel durch die Lamellen der Jalousie. Gleich würde der Radiowecker anspringen, nicht mit einem grässlichen, rasselnden Schnarren, nicht mit stampfender Musik, nicht mit der Stimme eines verschlafenen Nachrichtensprechers, sondern mit Mozarts „Kleiner Nachtmusik". Der Vater hatte den Wecker mit dem CD-Player gekoppelt. Hannes liebte Mozart über alles. Nur die vertrauten Töne brachten Ordnung in seinen Kopf und Ruhe in sein Herz, so weit, dass er aufstehen, sich für den Gang in die Küche zum Frühstück fertig machen und den prüfenden Blicken seiner Mutter standhalten konnte. Mozarts Musik war der Sauerstoff seines Lebens.

Sich aufrichten, Füße auf den Boden setzen. Den Blick schweifen lassen.

An der langen Wand dem Bett gegenüber befand sich ein Schrank mit Türen und einigen offenen Regalen, auf denen Bücher ordentlich aufgereiht waren. Zwischen Schrank und Fenster drängte sich ein schmaler Computertisch mit Laptop, darunter ein Drucker. Auf beiden Geräten lag eine dünne Staubschicht, die Hannes nie wegwischte. Nur, wenn es für die Schule nötig war, benutzte er beide Geräte. Deren Funktionen interessierten ihn kaum. Viel lieber lag er auf dem Bett und hörte Musik.

Wenn die Winterabende lang wurden, bastelte er Kriegsschiffe aus großen Modellbögen, die in einer Ecke des Zimmers auf dem Fußboden lagen. Auf einem breiten Regal war schon eine ganze Flotte in Schlachtordnung aufgefahren. Und Musik hören konnte er dabei auch. Dann stellte er sich vor, dass er die Kanonenrohre auf Frank und seine Freunde richtete, die an der Reling des feindlichen Schiffes standen, hämisch grinsten und freche Sprüche herüber riefen. Mitsamt seinen Peinigern ging es dann in einem

Feuersturm unter. Hannes stützte den Kopf in die Hände; er wusste, es waren doch nur Träume.

Vor dem Fenster stand ein breiter Schreibtisch, auf dem einige Bücher und Stifte und ein Smartphone lagen. Die linke Tischseite nahm ein Vogelkäfig ein.

Die Sonnenstrahlen des frühen Septembermorgens erreichten das Fenster, schlichen über Tisch und Käfig. Drinnen raschelte es.

„Jussi, bist du wach?"

Vorsichtig zog Hannes das Tuch herunter, ließ es aufs Bett fallen. Der blaugelbe Wellensittich flatterte aufgeregt.

„Ein bisschen Mozart zum Frühstück gefällig?"

Hannes füllte Körnerfutter in den leeren Napf und holte frisches Wasser aus dem Bad. Die Geräusche aus der Küche zeigten an, dass die Mutter ihm das Frühstück richtete. Auf dem Nachttisch stand der CD-Player, den sein Vater ihm zum vierzehnten Geburtstag geschenkt hatte, ein hochwertiges, silbern glänzendes Gerät, dazu eine CD-Box mit klassischer Musik, alles neue Aufnahmen hochkarätiger Orchester unter weltberühmten Dirigenten. Ludwig van Beethoven, Joseph Haydn, Johann Sebastian Bach und Georg Friedrich Händel, doch am liebsten hörte Hannes die Musik von Wolfgang Amadeus Mozart.

Die „Zauberflöte" hatte es ihm am meisten angetan. Jedes Mal wartete er auf die Arie „Dies Bildnis ist bezaubernd schön" und dachte dann an Tina aus seiner Klasse. Tina mit den langen, blonden Haaren und den lustigen, blauen Augen, die ihn immer so nett anlächelte. Alle mochten sie, auch die Lehrer.

Thomas Friedmann, Hannes' Vater, fand die Liebe seines Sohnes zu klassischer Musik ganz in Ordnung, entsprach sie zwar nicht dem Geschmack der meisten Gleichaltrigen, so doch seiner eigenen Neigung. Seit fünf Jahren wohnte und arbeitete er in München als Filialleiter einer Gartencenterkette. Der Junge hatte sich daran gewöhnt. „Sie würden nun getrennt leben", hatte Frau Friedmann ihrem Sohn erklärt. Hannes gab sich damit zufrieden. Was sollte er auch sagen? Zu jedem Geburtstag besuchte Herr

Friedmann seinen Sohn und verreiste mit ihm in den Sommerferien. Hannes liebte seinen Vater.

Nur widerwillig stellte Hannes die Musik aus, warf Jussi noch einen liebevollen Blick zu und ging hinüber in die Küche. Wenn er am Nachmittag aus der Schule kam, würde er wie immer den CD-Player anstellen und sich vor den Vogelkäfig setzen, bis das Essen fertig war. Jussi konnte er alles erzählen. Der kleine Vogel legte dann das Köpfchen schief, und es schien, als ob er geduldig zuhörte, wenn Hannes sein Herz ausschüttete; dann wurden die Quälereien Franks und der anderen Jungen etwas weniger schlimm, die Missachtung von Lehrern und Mitschülern tat nicht so weh. Und für seine Liebe zu Tina hatte Jussi vollstes Verständnis.
In wenigen Minuten würde die Mutter ihn zum Frühstück rufen. Für ein paar Zeilen reichte es gerade noch. Hannes griff in seinem Schrank unter den Stapel mit Unterhosen und zog sein Tagebuch hervor, einen schmalen Band mit dunkelblauem Bezug, an dem ein Kugelschreiber befestigt war. Das Buch hatte ihm sein Vater geschenkt, der wohl ahnte, dass es seinem Sohn, in Ermangelung eines Freundeskreises, ein nützlicher Vertrauter sein könnte.

Ich frage mich, warum ich so was träume, mit Mord und Totschlag. Vielleicht, weil Fritz immer davon redet, der hat nichts anderes im Kopf, schaut sich auch im Fernsehen nur solche Sachen an. Auch die anderen Jungen reden viel von Videos mit Toten und so. Aber deren Hirne sind sowieso kaum größer als Jussis, da ist für Mozart kein Platz. Aber ich habe anspruchsvollere Hobbys, leider interessiert das keinen, wahrscheinlich mögen sie mich deshalb auch nicht, sondern nur die mit den gleichen Spatzenhirnen wie ihre eigenen. Ich wünschte, Papa wäre da und ich könnte mit ihm darüber reden, Mutter jammert doch nur rum. Sie ruft. Wenn man vom Teufel redet, ...

Schnell schob er das Tagebuch in sein Versteck zurück und vergewisserte sich, dass es gut abgedeckt war.

8

Heißer Tee und zwei Scheiben Toast mit Honig und Marmelade erwarteten ihn an seinem Platz am Küchentisch. Hannes schob sich auf seinen Stuhl und rückte Teller und Tasse zurecht, baute sich ein Schutzschild gegen die aufmerksamen Blicke seiner Mutter.

Frau Friedmann gab sich gar keine Mühe, ihren kritischen Blick auf den Sohn zu verbergen. Dass er vor vier Wochen sechzehn Jahre alt geworden war, ging kaum in ihren Kopf. Unter den Gleichaltrigen gehörte er zu den Kleinsten und Schmalsten, mit zarten, feingliedrigen Händen, die zum Fangen und Werfen harter Bälle nicht geeignet waren. Mit fahlen Wangen saß er da, und es dauerte eine Weile, bis das heiße Getränk die blasse Gesichtshaut rosa färbte. Die hellblauen Augen unter glatten, dunkelblonden Haaren starrten auf den Teller mit dem Toast. Augen und Haare, auch die zierliche Figur hatte Johannes von seiner Mutter geerbt.

Nicht zum ersten Mal beschlich Frau Friedmann das Gefühl, dass Hannes seine Umgebung gar nicht wahrnahm, dass er nach innen schaute, dass er Dinge sah und hörte in einer Welt, die ihr verschlossen war. Und wie immer griff dann die sorgenvolle Frage nach ihr, wie er in einer Umgebung bestehen sollte, die von nach innen gerichteten Blicken nichts wissen wollte, sondern nach solchen verlangte, die das Leben außen sondierten und verstanden; die tiefsinnige Gedanken und Gefühle nur als nette Beigabe anerkannte und Analyse und Handeln forderte.

So wie die Schule.

Frau Friedmann wusste, dass Hannes äußerst ungern in die Schule ging, dass er kaum Kontakt zu Mitschülern hatte, ihn auch nicht wollte. Nur der Name Fritz Bauer fiel bei Hannes des Öfteren; auch dass ihr Sohn sich gegen verbale und physische Grobheiten nicht wehren konnte, hatte ihr mütterlicher Instinkt längst erfasst. Gegen Selbstverteidigungskurse in einem Verein, die ihm die Klassenlehrerin empfohlen hatte, wehrte er sich vehement. Alles Gewalttätige war ihm ein Gräuel.

Schon im Kindergarten war sein Verhalten auffällig gewesen. Hannes saß in einer Ecke, stundenlang versunken in das Spiel mit einem Gegenstand, den er nur unter eindringlichstem Zureden der Kindergärtnerin wieder hergab. Von einer leichten Form von Autismus sprach die Leiterin der Einrichtung. Frau Friedmann hatte daraufhin im Internet gesucht und gefunden, dass Autismus eine Entwicklungsstörung sei, die man nicht heilen könne. Auffallend seien Schwächen in sozialer Kommunikation und Interaktion. Manchmal hätten autistische Kinder besondere Begabungen und eine hohe Intelligenz. Doch von beiden hatte die Mutter bei ihrem Sohn bisher nichts gemerkt. Sie war fest entschlossen, nach der Abschlussprüfung mit ihm in ihre Heimat Österreich zurückzukehren, nach Wien, wo es nach ihrer Einschätzung bessere Ärzte als in Deutschland gab. Sie würden Hannes helfen.

Der Junge stieß seinen Stuhl zurück und stand auf.

„Hast du deine Sachen alle zusammen?"

Er nickte nur, zog seine Jacke an und griff nach dem Schulrucksack. Der Bus wartete nicht.

Frau Friedmann nahm seinen Kopf in beide Hände und drücke ihrem Sohn einen Kuss auf die Stirn. Hannes zog seinen Kopf weg, er hasste solche Gefühlsbezeigungen, auch bei seiner Mutter.

„Mach's gut, mein Junge."

Hannes nickte wieder, schloss die Tür hinter sich und eilte zur Straße, wo der Bus gerade um die Ecke bog. Was sollte er gut machen und vor allem wie?, ging ihm dann jedes Mal durch den Kopf. Auch am Nachmittag und Abend, wenn die Mutter ihm nach der Schule einen Tee kochte und Mozarts heilige Hallen ihn schützend aufnahmen. Doch draußen in der rauen Schulwelt waren die Hallen unheilig, die feindlichen Armeen nicht aus Papier, sondern gut aufgestellt; sie gingen zum Angriff über, sobald das Pausenzeichen ertönte und der Lehrer das Klassenzimmer verlassen hatte. Ihnen voran Frank Reichert, der mächtige Frank, der die Klasse wiederholen musste, der fast alle Lehrer schon gegen sich aufgebracht hatte, der laut war und in einer Sprache redete, von der Hannes kein einziges Wort in den Mund nehmen würde. Die anderen Jungen duckten sich hinter dem breiten Rücken ihres Generals, des coolen Frank, wo für Hannes, der Schutz so nötig hätte, kein Platz war.

Er hatte nur Mozart.

2

Die Verkehrsdichte am Autobahndreieck hatte es in sich. In drei Reihen standen die Fahrzeuge im morgendlichen Stau und quälten sich im Stop-and-go-Verkehr vorwärts. Die aufgehende Sonne glitzerte auf manchen Karosserien und blendete die Autofahrer. Frau Kampmann wusste aus langjähriger Fahrerfahrung, dass es in ein paar Minuten wieder flüssiger vorangehen und, nach einem kurzen Blick auf die Uhr, sie rechtzeitig zur Realschule kommen würde. Wie seit zehn Jahren schon. Nur ein- oder zweimal in jedem Winter kam sie zu spät, weil Schnee oder Glatteis die Straße zu einer gefährlichen Rutschbahn machten und zahlreiche Autofahrer mit der ungewohnten Situation nicht umgehen konnten.

Drei Jahre noch die Autobahn, montags bis freitags, Woche für Woche, bei Sturm und Regen, Eiseskälte oder Hitze. Es sei denn, es waren Ferien. Während der Schulwochen stand nicht selten eine Extrafahrt an, wenn Elternabende, Aufführungen oder Schulfeste angesetzt waren. In drei Jahren wäre sie fünfundsechzig und würde in den Ruhestand gehen. Ihr Mann Friedrich hatte das Pensionsalter vor zwei Jahren erreicht und genoss das neue Leben außerhalb des Rathauses, wo sein Arbeitsplatz gewesen war. Die beiden Kinder, Martina und Jan, waren erwachsen, lebten in einiger Entfernung und kamen nur noch zu besonderen Anlässen nach Hause. Drei Jahre noch, dann könnten Friedrich und sie jeden Morgen so lange frühstücken und Zeitung lesen, wie sie wollten; sie könnten in die Berge gehen oder Fahrrad fahren, wann immer ihnen danach war. Keine stundenlangen Korrekturen mehr von Aufsätzen und Diktaten, keine ätzenden Stundenvorbereitungen, kein tagelanges Kopfzerbrechen über Noten oder Elterngespräche. Welche Aussichten!

Die zwanzigminütige Autofahrt jeden Morgen von ihrem Zuhause zur Schule gab ihr die Gelegenheit, sich die Anforderungen des Tages durch den Kopf gehen zu lassen.

Anstehende Probleme mit Schülern sollten auf mögliche Lösungen durchdacht, Gespräche mit Kollegen im Geiste konzipiert und der Stundenplan des Tages im Kopf durchgegangen werden. Außerdem sprang sie unterwegs hin und wieder die Sorge an, ob sie alle notwendigen Bücher, Hefte und Materialien dabei hatte für Deutsch, Geographie und Ethik. Das waren ihre Fächer, wobei letzteres ihr Lieblingsfach war, gab es ihr doch die zusätzliche Möglichkeit, so manche Schülerkonflikte anzusprechen. Auch tagesaktuelle gesellschaftliche und kulturelle Themen nutzte sie, sooft es ging, für ihren Unterricht.

Außerdem war im kommenden Frühjahr noch eine Klassenfahrt nach Berlin geplant. Der Termin stand schon fest, am Programm musste noch gefeilt werden. Auch zu ihrem zuständigen Bundestagabgeordneten hatte sie Kontakt aufgenommen, damit er die Klasse im Abgeordnetenhaus empfangen und den Schülern Rede und Antwort stehen würde.

Klassenreisen hatte sie schon eine ganze Reihe im Laufe ihres Lehrerlebens durchgeführt.

An die Fahrt ins Emsland erinnerte sie sich besonders gerne.

Später würde sie nicht mehr sagen können, in welchem Katalog sie dieses Jugenddorf entdeckt hatte; eine Anlage mit vielen kleinen Häuschen, in denen jeweils eine Schülergruppe wohnte, die es nicht nur in Ordnung halten, sondern sich auch selbst versorgen musste. Da lernte Frau Kampmann einige Schüler von einer ganz neuen Seite kennen. Sie und ihre Kollegen wurden so manches Mal abends von den Schülern in ihr Häuschen zum Essen eingeladen und entdeckten bei ihnen ungeahnte kulinarische Fähigkeiten.

Zu dem Jugenddorf gehörte ein Ponyhof, auf dem sich die Kinder ein Pferd holen und auf dem Gelände reiten durften. So konnte es passieren, dass ein Schüler, zur Lehrerin einbestellt, mit seinem Pferd zum Termin ritt, es in Cowboymanier am Geländer ihres Häuschens festband, klopfte und eintrat. Wildwest in Ostfriesland.

An einem Tag machte die Klasse einen Busausflug nach Amsterdam. Für das Geburtshaus der Anne Frank interessierten sich einige, mehr aber für die Straße mit den leicht bekleideten Damen in den Fenstern und die Möglichkeit, an Drogen zu kommen. Amsterdam wurde als Ausflugsziel gestrichen.

Der zusätzliche Arbeitsaufwand einer Klassenreise war riesig, von den vielen Unwägbarkeiten, Aufregungen und unvermittelt auftretenden Gefahren unterwegs ganz zu schweigen.

Mit Schaudern dachte sie an den Aufenthalt am Titisee zurück, als die Schüler in der achten Klasse waren. Die meisten Kinder befanden sich nach dem Abendessen schon auf den Zimmern, saßen auf den Betten, hörten Musik und schwatzten. Frau Kampmann und Kollege Timm saßen zusammen und genossen den seltenen, ruhigen Moment. Plötzlich gab es einen lauten Knall, dann Geschrei auf dem Flur, im nächsten Moment wurde die Tür aufgerissen, eine junge Frau vom Küchenpersonal zeigte mit dem Finger nach draußen, die Augen vor Schreck geweitet, das Entsetzen hatte ihr die Sprache verschlagen. Der Kollege und sie eilten auf den Flur, wo Schüler in Panik durcheinanderliefen. Durch die offen stehende Tür der Jugendherberge konnte man ein Auto auf dem Dach liegen sehen, das von der Straße abgekommen und über die Böschung bis vor das Gebäude katapultiert worden war.

Frau Kampmann stürzte ins Büro und ans Telefon, während Schülerinnen und Schüler in Panik auf den Fluren herumliefen. In strengem Ton scheuchte der Kollege alle Kinder auf ihre Zimmer mit der Auflage, sie auf keinen Fall zu verlassen. Dann rannten beide Lehrer hinaus zum verunglückten Wagen, aus dem stöhnende Laute zu hören waren. Sie knieten sich rechts und links neben die zertrümmerten Fensterscheiben und erkannten zwei junge Männer, die kopfüber in den Gurten hingen und in einer fremden Sprache jammerten. Nach kurzer Zeit waren in der Ferne Martinshörner zu hören; sobald die Rettungsfahrzeuge hielten und Sanitäter die Böschung herabrannten, verließen die Lehrer ihre Plätze und eilten zu den Schülern. Frau Kampmann bot sich ein erbarmungswürdiges Bild, als sie die Tür zu einem Mädchenzimmer öffnete. Da saßen alle zusammengekauert auf zwei Betten, starrten sie angstvoll an und wären am liebsten gleich nach Hause gefahren. Es dauerte eine ganze Weile, bis die

Mädchen sich soweit beruhigt hatten, dass sie in ihren Betten bleiben und gemeinsam Musik hören konnten. Die Lehrer zogen sich wieder zurück, saßen ebenfalls zusammen und wagten sich nicht vorzustellen, was hätte passieren können, wenn die Schüler noch draußen vor dem Haus gewesen wären.

Am nächsten Morgen erschienen zwei Polizisten, um die Lehrer zu befragen und mitzuteilen, dass die beiden Männer im Krankenhaus seien und es ihnen verhältnismäßig gutgehe. Sie seien Skispringer aus Skandinavien, die ein Sommerskispringen in der Nähe gewonnen, anschließend mit zu viel Alkohol gefeiert und auf der kurvenreichen Strecke bei zu hoher Geschwindigkeit die Kontrolle über den Wagen verloren hätten.

Doch so spektakulär waren Ereignisse auf Klassenreisen eher selten.

Bei älteren Schülerinnen konnte es schon vorkommen, dass die Lehrerin gleich nach der Ankunft mit der Frage überrascht wurde, wo man denn die vergessene Anti-Baby-Pille besorgen könne. So geschehen in London. Frau Kampmann musste passen, nur Mitschülerin Emma wusste Rat: „Versuch's mal mit Renni, räumt nicht nur den Magen auf!"

Was machte man mit Jungen, die im heimatlichen Revier ständig den ganz Coolen raushingen, im Ausland aber keinen Schritt alleine zu gehen wagten und am Rockzipfel der begleitenden Lehrerinnen hingen? Da half nur, sie mit Befehl in eine andere Richtung zu schicken. Was tun mit Mädchen, die spät abends, wenn Nachtruhe gefordert war, äußerst spärlich bekleidet durch die Flure des Jugendhotels wandelten, angeblich nur zur Toilette gingen, dies aber in der schlecht verborgenen Hoffnung, dass die Tür eines Jungenzimmers aufging? In manchen Nächten gab es ziemlich viele blasenschwache Schülerinnen.

Problematischer war es mit einzelnen Jungen, die sich in Schränken und unter Betten in Mädchenzimmern versteckten, wenn die Lehrerkontrolle nahte. Unter großem Gejohle wurden die Übeltäter herausgezogen und hinausgeschickt. Dabei beließ man es meistens. Nur unbelehrbare Wiederholungstäter wurden mit Strafen belegt, etwa mit zusätzlichem Küchendienst. Das wirkte abschreckend.

Nicht einfach war es mit dem Jungen umzugehen, der nachts partout nicht in sein Zimmer wollte, auf den Fluren spazieren ging und sich schließlich mit dem begleitenden Lehrer anlegte. Als der richtig böse wurde, machte der Sechzehnjährige einen Rückzieher, der dem Lehrer die Sprache verschlug: „Ach, Herr Hauser, Sie wissen ja gar nicht, was ich für eine schreckliche Kindheit gehabt habe!"

Das Konzentrationslager Dachau aufzusuchen, gehörte zum Pflichtprogramm jeder Oberstufenklasse. Die Ausstellungsräume und der große Platz mit den Baracken machten nachhaltigen Eindruck auf die Jugendlichen. Während Schüler und Lehrer über das Gelände gingen, ergab sich so manches Gespräch über Befehl und Gehorsam, Schuld und Sühne und die Frage, wie Menschen Menschen so etwas antun konnten. Viele Monate später, während der Berlinreise, würden sich die Schüler wieder an diesen Ort des Grauens erinnern: Als sie im Innenhof des Bendlerblocks an dem Ehrenmal standen, das an die hingerichteten Offiziere des Hitler-Attentats erinnerte; ein eindrucksvoller Ort.

Keine Klassenfahrt ohne Aufreger.

München war immer eine Reise wert. Man besuchte das Deutsche Museum, die Bavaria Filmstudios, den Viktualienmarkt. Am Abend waren alle Schüler vollzählig wieder im Zug, und Frau Kampmann atmete erleichtert auf. Kurz vor der Abfahrt dann eine Durchsage, der Zug sei defekt, alle Reisenden müssten umsteigen in den Ersatzzug auf Gleis soundso. Die Schüler hatten sich wegen Platzmangels auf mehrere Wagen verteilen müssen, auf den reservierten Plätzen saßen zu ihrem allergrößten Ärger Fremde. Sie war einem Herzinfarkt nahe in der Sorge, ob alle Schülerinnen und Schüler die Durchsage gehört und den richtigen Zug gefunden hatten. Zum Glück war niemand verloren gegangen. Wieder einmal dachte sie daran, dass Lehrer bei jeder Schülerreise mehr als einen Schutzengel bräuchten und oft mit einem Fuß im Gefängnis stünden.

Jetzt also noch einmal Berlin, und dann war endgültig Schluss mit Schülerreisen.

Edith Kampmann fand, dass sie eine verhältnismäßig gut organisierte Frau war. Auf ihren Jogginglaufen im Wald entstanden so manche Stundenkonzepte im Kopf, die sie später zu Hause nur aufzuschreiben brauchte. Ein Stapel Hefte ging in allen Ferien mit auf Reisen. Unterwegs in den Urlaub arbeitete sie auf einer Knie-Tisch-Konstruktion aus Hartpappe, während ihr Mann das Auto fuhr. Gab es auf der Fahrt in den Winterurlaub dann noch einen längeren Stau, war so manches Diktat am Ende der Reise fertig korrigiert. Kollegen und Schüler staunten nicht schlecht.

Die Autos rührten sich noch nicht von der Stelle. Ob es weiter vorne einen Unfall gegeben hatte? Ihre Gedanken schweiften zu den Schülern der Klasse 10b, in der sie Klassenlehrerin war.

Dass Frank Reichert, das enfant terrible der gesamten Schule, sitzen geblieben und ausgerechnet ihrer Klasse zugeteilt worden war, hätte vielleicht auch nicht gerade sein müssen.

„Sie schaffen das schon", hatte Schulleiter Ossowsky aufmunternd gesagt. „Wer, wenn nicht Sie."

Doch Vorschusslorbeeren halfen ihr nicht wirklich weiter.

Ausgerechnet Frank. Groß und kräftig gebaut, hatte er sehr schnell die Führungsrolle bei den Jungen übernommen. Sie folgten ihm bedingungslos. Was blieb ihnen auch anderes übrig, wollten sie nicht auf der Looserseite landen, so wie Hannes? Seine schwachen Schulleistungen suchte Frank mit kompromissloser Herrschsucht vergessen zu machen, zumindest bei den Mitschülern. Solche, die sich nicht wehren konnten, triezte er erbarmungslos. So viele Anrufe empörter Eltern wegen eines Schülers innerhalb so weniger Wochen hatte Edith Kampmann noch nie bekommen.

Besonders der kleine, sanftmütige Hannes war seit Schuljahresbeginn zu Franks Hauptopfer geworden. Sie wusste, dass sie energisch und möglichst bald eingreifen musste, damit der Konflikt nicht aus dem Ruder lief. Während Hannes' Mutter in der Sorge um ihren Sohn mehr als einmal in der Woche bei Frau Kampmann anrief, war kein Kontakt zu Franks Eltern herzustellen. Sie musste mit der Schulleitung reden.

„Da hat man dir ja eine böse Laus in den Pelz gesetzt."

Auch die Kollegen, die in der Klasse unterrichteten, hatten Mitleid mit ihr und waren schlecht auf Frank zu sprechen. Nicht nur, dass er faul war und schlechte Leistungen brachte, er störte auch den Unterricht erheblich durch unverschämtes Benehmen und ordinäre Sprache. Seinetwegen hatte es schon eine Klassenkonferenz gegeben, obwohl das neue Schuljahr gerade erst begonnen hatte. Edith Kampmann ahnte, dass noch mehr als eine folgen würden.

Auch Fritz Bauer machte der Klassenlehrerin Sorgen. Er war ein Einzelgänger, schlug um Frank und seine Gang stets einen großen Bogen. Still saß er im Klassenzimmer, verfolgte den Unterricht meistens aufmerksam, meldete sich jedoch so gut wie nie zu Wort. Manchmal saß er geistesabwesend da, und Frau Kampmann ahnte, dass er mit den Gedanken bei seinem schwerkranken Vater war. Frau Bauer hatte ihr als Klassenlehrerin von der Krebserkrankung ihres Mannes und finanziellen Sorgen erzählt und um Nachsicht für ihren empfindsamen Sohn in dieser schweren Zeit gebeten. Fritz würde allen Kummer in sich hineinfressen und sich Mühe geben, ihr im Haushalt so viel als möglich zu helfen. Er sei ein gutmütiger Junge, der nur selten einmal ausraste, woran Frau Kampmann nicht zweifelte. Dass Fritz und Hannes oft die Pausen miteinander verbrachten, hatte sie während ihrer Aufsichten schon beobachtet. Da hatten sich zwei zusammengefunden, die anders waren als die große Schülermeute und an Lärm und protzigem Gehabe keinen Gefallen fanden. Sie hoffte, dass sich die beiden Jungen gegenseitig gut taten.

Im Vergleich mit dem Konflikt zwischen Frank und Hannes waren die Spannungen zwischen der Klassengemeinschaft und den fünf russischen Mädchen keine große Sache. Svetlana, Anna, Katharina, Russja und Mascha waren mit der letzten Aussiedlerwelle deutschstämmiger Russen nach Deutschland gekommen. Sie waren fleißig, bei Lehrern beliebt und zeichneten sich durch hervorragende Kenntnisse in Mathematik und künstlerische Begabung aus. Dass sie sich in den Pausen oft absonderten und untereinander fast ausschließlich Russisch sprachen, verunsicherte die Klassenkameraden. Sie beklagten sich bei der Klassenlehrerin. Es konnte doch sein, dass sie über den einen oder anderen Jungen oder manches

Mädchen Schlechtes redeten, nicht wahr? Die Schüler bestanden darauf, dass sowohl im Unterricht als auch in den Pausen nur Deutsch gesprochen werden sollte; zu Recht, meinte auch Frau Kampmann und führte mit den Mädchen immer wieder ein ermahnendes Gespräch in der Hoffnung, dass ihnen die Kommunikation in deutscher Sprache bald selbstverständlich sein und sich damit ihr Sozialverhalten verbessern würde. Wahrscheinlich gab es auch auf ihrer Seite eine große Portion Unsicherheit, was das Miteinander und die Abläufe in einer deutschen Schule betraf. Und die Sehnsucht nach Freundinnen, die man in Russland zurücklassen musste, nach der vertrauten Wohnung in der fernen, heimatlichen Stadt dürfte auch eine Rolle in ihrem Verhalten spielen. Aber im Grunde waren sie gutwillig.

Es schien so, als ob sich die Blechkolonne wieder in Bewegung setzen würde. Edith Kampmann warf einen prüfenden Blick in den Rückspiegel und war durchaus mit sich zufrieden. Gestern war sie beim Friseur gewesen, hatte sich ihre grauen Haare mit silbrigen Strähnchen aufpeppen und einen flotten Kurzhaarschnitt verpassen lassen. Natürlich würde ihre neue Frisur von den modebewussten Mädchen ihrer Klasse kritisch beäugt werden. Desgleichen ihre Garderobe von Kopf bis Fuß. Doch daran hatte sie sich längst gewöhnt.

Auf dem zur Schule gehörenden Parkplatz war zum Glück noch eine Lücke frei, so dass sie nicht wieder ausfahren und irgendwo am Straßenrand parken musste. Sie zog den Mantel an, griff nach ihren Taschen und machte sich auf den Weg über den Schulhof zum Haupteingang. Zahlreiche Schüler waren schon da, obwohl es noch fast zwanzig Minuten bis zum Unterrichtsbeginn dauerte. Sie standen in Grüppchen beisammen, schwatzten und warteten darauf, dass der Hausmeister die beiden Türflügel öffnete.

Edith Kampmann liebte es, früh im Lehrerzimmer zu sein, ihre Sachen auf dem Tisch zu ordnen und durchzusehen, was die Schulsekretärin ihr zur Bearbeitung und zur Kenntnisnahme hingelegt hatte. Für die Fächer Deutsch und Ethik war sie verantwortlich, und so landeten alle entsprechenden Vorgänge auf ihrem Tisch.

18

Referendar Arno Schütt erreichte den Eingang gleichzeitig mit seiner älteren Kollegin und hielt ihr eilfertig die Tür auf. Er selbst hatte seinen Rucksack lässig über eine Schulter geworfen.

Aus dem Lehrerzimmer war Stimmengemurmel zu hören, aus dem rechten Nebenzimmer das Surren des Kopierers, Rascheln von Papier und die Unterhaltung von Lehrern, die warten mussten, bis sie noch schnell Unterrichtsmaterial kopieren konnten. Morgens vor der ersten Stunde war hier meistens starker Betrieb. Deshalb hatte Frau Kampmann es sich angewöhnt, Kopien für den nächsten Tag mittags zu machen, bevor sie die Schule verließ, auch wenn sie noch so erschöpft war. Meistens war sie dann allein im Kopierraum und konnte in Ruhe arbeiten.

Der junge Referendar öffnete für seine beladene Kollegin auch die Tür zum Lehrerzimmer. Während er zu seinem eigenen Platz weiterging, legte sie Taschen und Hefte auf ihren Tisch und ließ sich erleichtert auf den Stuhl fallen.

„Guten Morgen."

Der Kollege am Tisch neben ihrem blickte nur kurz hoch, „Guten Morgen" murmelnd, während er fahrig in dem Chaos auf seinem Tisch herumsuchte, das Unterste zuoberst kehrend.

„Sag mal, Edith, kannst du mir für die erste Stunde die Deutsche Grammatik Klasse 10 leihen? Ich finde meine gerade nicht."

Kein Wunder, dachte Frau Kampmann, in diesen Haufen auf deinem Tisch würde ich auch nichts finden. Wortlos schob sie ihm das gewünschte Buch hin. Am Tisch gegenüber stierte ein junger Kollege müde vor sich hin.

„Na, wie viele Kilometer bist du denn gestern Nachmittag noch geradelt?"

Ein gequältes Lächeln statt einer Antwort.

Der Schulalltag hatte begonnen.

3

Zur ersten Stunde waren längst noch nicht alle, aber doch schon zahlreiche Kolleginnen und Kollegen anwesend.

Gernot Timm hatte sich schon, wie meistens, in den neusten „Spiegel" vertieft. Mitte des letzten Schuljahres war er aus Berlin an diese Schule gekommen und seitdem um einen guten Kontakt zum Kollegium bemüht. Er hatte eine sportlich schlanke Figur und ließ immer wieder durchblicken, dass er regelmäßig joggte, ein bekanntes Fitnesscenter besuchte und in den Weihnachts-und Winterferien zum Skifahren reiste. Im Gegensatz zu manchen anderen Männern erschien er jeden Morgen wie aus dem Ei gepellt und zog sich für den Werkunterricht einen grauen Arbeitskittel an, was ihm bei Lehrern und Schülern den Spitznamen „graue Eminenz" eingetragen hatte. Höflich schob er Kolleginnen den Stuhl zurecht, trug auch schon mal deren schwere Tasche die große Treppe in der Halle hinauf und hinunter oder holte eine Tasse Kaffee für eine Gesprächspartnerin, legte auch noch ein paar Kekse auf den Tellerrand und sicherte sich damit ein absolutes Alleinstellungsmerkmal. Als Edith Kampmanns Auto in der Werkstatt war, holte er sie zu Hause ab und brachte sie auch wieder zurück, drei Tage lang. Wer machte so etwas schon? Sie würde ihn, den erfahrenen Berliner, wegen der anstehenden Schülerreise einmal gründlich befragen, am besten nachmittags außerhalb der Schule, bei einer Tasse Kaffee. Sicher hatte er eine Reihe guter Tipps parat. Ob sie ihn bitten sollte, sie und ihre Klasse nach Berlin zu begleiten? Dann müsste sie allerdings den Kollegen Hauser ausbooten, der mit ihr auf so manche Klassenreise gegangen war und mit dem sie ein gutes Team bildete. Ihr Instinkt wehrte sich gegen Gernot Timm als Reisebegleiter. Irgendetwas sorgte dafür, dass sie sich in seiner Nähe trotz seiner guten Umgangsformen unwohl fühlte; ein Geheimnis umwaberte ihn wie unsichtbarer Zigarettenqualm.

Arno Schütt plauderte mit Roland Berg; sie waren beide Referendare und auf der gleichen Wellenlänge unterwegs, wenn sie auch sehr unterschiedliche Fächer unterrichteten. Herr Schütt musste Ende zwanzig sein; seine Fächer waren Musik und Kunst, er leitete Theatergruppe und Schulchor mit großem Einsatz und vielen guten Ideen. Er war größer als alle anderen Lehrer, von kräftiger, aber nicht dicker Statur. Die blauen Augen blitzten sein Gegenüber an, die blonden, kräftigen Haare wirkten stets frisch gewaschen, Hosen und Pullover saßen wie angegossen und waren top modisch. Er war ein Typ, für den junge Mädchen schwärmen konnten. Und etliche Mädchen ihrer Klasse taten genau das, da war Frau Kampmann sicher. Sie bezogen den strahlenden Blick der blauen Augen nur auf sich und gaben sich verliebt.

Valeria, Anna, Soraya, alles bildhübsche junge Damen mit langen blonden oder braunen Haaren und perfekt geschminkten Gesichtern, die ihre schlanken Figuren durch entsprechende Hosen und Pullis in Szene zu setzen und das Blut junger Kollegen in Wallung zu bringen wussten. Es wurde heftig getuschelt, nicht nur unter den Mädchen, sondern auch im Kollegium. Dass bei facebook zu diesem Thema noch Ruhe herrschte, schien beinahe ein Wunder. Frau Kampmann seufzte und hoffte, dass es so bleiben würde und dass sie das letzte Schuljahr ohne größere Liebeskatastrophen bei ihren Mädchen zu Ende bringen konnte.

Zwei Tischreihen weiter steckten, wie jeden Morgen, Heidelinde Schwab und Marion Kahl die Köpfe zusammen. Sie waren befreundet, saßen im Lehrerzimmer nebeneinander und verbrachten auch außerhalb der Schule gemeinsame Zeit, zumal sie in derselben Straße wohnten. Während andere die letzten Vorbereitungen für die erste Stunde trafen, schnell noch eine Auskunft bei einem Kollegen einholten, einen Blick in ein Buch warfen oder hektisch nach einem vermissten fahndeten, konnte man sicher sein, dass Heidelinde und Marion Privates zu besprechen hatten. Sie begutachteten gegenseitig das Outfit, Makeup und Frisur des Tages, diskutierten ihren gesundheitlichen Zustand und ließen sich auf keinen Fall durch die Aktivitäten der anderen Anwesenden stören. Dabei hatten sie durchaus unterschiedlichen Geschmack, was ihre Kleidung betraf. Heidelinde Schwab kam im alternativen Look mit weiten Hosen und Pullis eher undefinierbarer Farbe und nicht unbedingt fleckenfrei daher, Marion Kahl dagegen in teuren, modischen Stücken mit passendem Schmuck. Gegensätze ziehen sich offensichtlich auch im Lehrerzimmer an, dachte Frau Kampmann.

Die Schüler mochten Frau Schwab trotz ihrer ungewaschenen Haare und Hosen, sie war freundlich und verständnisvoll, nahm Anteil an allen privaten Sorgen und drückte manchmal ein Auge zu. Bei Frau Kahl dagegen kam Nachsicht nicht in Frage; mit Strenge und Konsequenz hielt sie ihre Schüler erfolgreich zum Lernen an, allerdings auch innerlich auf Abstand. Die Probleme anderer gingen sie nichts an, sie erledigte ihre Aufgaben, das war's.

Keine der beiden Lehrerinnen hob die Hand, wenn es darum ging, zusätzliche Aufgaben im Kollegium zu übernehmen.

Aktuell ging es darum, auf einen zeitnahen Amokfall zu reagieren. Edith Kampmann erinnerte sich gut an viele Diskussionen im Lehrerzimmer und auf den Schulfluren. Es ging um die Frage, ob so eine Tragödie auch an ihrer Schule stattfinden könnte, und die Erkenntnis, dass sie mit „ja" zu beantworten war. Hatte Edith Kampmann Angst? Vor Nachahmungstätern schon, die so ein spektakulärer Fall auf den Plan rufen konnte. In der Zeitung stand, dass jeder dritte Schüler „bewaffnet" in die Schule käme, was immer das auch heißen sollte. Es bedeutete auf jeden Fall, dass von den fünfzehn Jungen der 10b mindestens fünf einen gefährlichen Gegenstand in Kleidung oder Tasche verborgen halten könnten. Frau Kampmann leugnete nicht, dass diese Vorstellung ihr einige Tage lang Unbehagen bereitet hatte, wenn sie die Klassenzimmertür öffnete. Doch der arbeitsintensive Alltag überlagerte solche Gedanken schnell. Man durfte sich einfach nicht verrückt machen lassen.

Aktuell sollte eine Arbeitsgruppe aus dem Kollegium gebildet werden, die sich einerseits mit den bereits zu diesem Thema erschienenen Vorschriften auseinandersetzte und sie dem Gesamtkollegium auf der nächsten Konferenz vortrug, andererseits der eigenen Schule angepasste Warnsysteme und Krisenpläne vorbereitete. Doch sowohl Heidelinde Schwab als auch Marion Kahl hielten sich von solchen anstrengenden Sitzungen nach

Möglichkeit fern und überließen sie immer den gleichen Kollegen, die sich auch schon bei anderen Themen engagierten.

Schulleiter Fritz Ossowsky betrat das Lehrerzimmer und sah sich um.
„Guten Morgen allerseits. Frau Kampmann, schön, dass Sie schon da sind. Kann ich Sie kurz sprechen. Auch alle Kollegen, die in der 10b unterrichten, darf ich für ein paar Minuten zu mir bitten."
Frau Kampmann erhob sich und ging hinüber ins Rektorat, das hinter Sekretariat und Konrektorat ganz am Ende des Lehrer- und Verwaltungstraktes lag. Sie überlegte angestrengt, worum es wohl gehen könnte. Etwa schon wieder um Frank? Vielleicht hatte er, zum wiederholten Male, etwas ausgefressen, wundern würde sie sich nicht. Als alle Kollegen anwesend waren, wandte sich der Schulleiter ohne Umschweife an sie.
„Der Vater von Peter Busse aus der 10b hat eben angerufen. Dass der Schüler seit drei Wochen fehlt, wissen wir alle. Es steht nun endgültig fest, dass der Junge Leukämie hat."
Schulleiter Ossowsky machte eine Pause und sah seine Kollegen ernst an. Betroffenheit lag im Raum. Einige starrten vor sich auf den Boden, andere auf den Schreibtisch vor ihnen oder aus dem Fenster, das auf den Schulhof hinausging. Schüler lärmten und lachten, rangelten miteinander oder schubsten sich. Der schwerkranke Peter rangelte mit niemandem mehr.
Schlagartig erinnerte sich Frau Kampmann viele Jahre zurück, an einen Schüler der sechsten Klasse, der so lange am Unterricht teilnahm, wie es ihm möglich war, und bald darauf an einem Tumor im Kopf starb. Der schreckliche Krebs machte beileibe nicht vor Jugendlichen Halt.
Herr Ossowsky räusperte sich und sprach weiter.
„ Das ist furchtbar für ihn und seine Eltern; für Peter bedeutet es, dass er die Schule für lange Zeit nicht besuchen kann. Herr Busse hat nun darum gebeten, dass wir auch die Mitschüler informieren und Hausunterricht, den das Schulamt schon genehmigt hat, für seinen Jungen organisieren. Ich denke, dass in erster Linie Sie, Frau Kampmann, als Klassen-und Deutschlehrerin beides übernehmen werden. Alle Fächer können wir auf keinen Fall abdecken. Es ist die Frage, wieweit Peter überhaupt die Kraft

für Unterricht hat bei all den Therapien und Medikamenten, die er wahrscheinlich haben muss. Auf der anderen Seite ist eine gewisse Ablenkung von der Krankheit auch ganz gut. Am besten, Sie setzen sich mit dem Vater in Verbindung und vereinbaren einen Besuchstermin. Dann werden Sie sehen, was an Unterricht machbar ist."

Die Schulglocke läutete zum zweiten Mal, die erste Stunde begann.

„Danke, Kollegen, bitte übernehmen Sie nun Ihre Klassen."

4

„Guten Morgään."

Mit schnellen Schritten betrat Frau Kampmann das Klassenzimmer der 10b, schloss die Tür hinter sich, legte das Klassentagebuch auf den Lehrertisch und stellte ihre Tasche auf den Stuhl. Während sie die Materialien auspackte, die sie für diese Stunde brauchte, warf sie einen raschen Blick über die Schülerköpfe und ins Tagebuch. Fehlte jemand außer Peter? Offensichtlich nicht.

„Morgen."

Vielfältiges Gemurmel, scharrende Füße, knarrende Stühle; Hefte und Bücher wurden auf den Tischen zurechtgeschoben, Rucksäcke auf den Boden geknallt. Jeden Morgen das gleiche Ritual.

„Frau Kampmann", hatte eine Schülerin vor Jahren zu ihr gesagt, „Sie sagen immer ‚Morgään'. Es klingt wie der Anfang eines Liedes, als wollten Sie singen."

Frau Kampmann war überrascht und musste lachen.

„Ach ja? Habe ich gar nicht gemerkt."

Dabei war es geblieben. Und auch beim Morgään. Einige Mädchen blätterten schon in der Lektüre.

„Bevor wir uns der „schwarzen Spinne" zuwenden, habe ich euch etwas zu sagen. Peters Vater hat heute Morgen im Sekretariat angerufen."

„Peter hat Krebs."

Der Zuruf kam von Emma, die in Peters Nachbarschaft wohnte und die Nachricht bereits von ihrer Mutter bekommen hatte. Erschrockene Blicke richteten sich auf Frau Kampmann. Das Gespenst Tod hockte wie ein hässlicher Gnom auf dem Lehrertisch und glotzte die verstörten Kinder an.

„Ja, Emma hat leider Recht. Peter hat Leukämie, Blutkrebs."

Schlagartig herrschte im Klassenzimmer Stille, randvoll mit Unsicherheit und Angst. Einige Schüler starrten auf Lektüre und Hefte, andere sahen aus dem Fenster, viele Augen hielten sich am Gesicht der Lehrerin fest.

„Ist diese Krankheit immer tödlich?"

„Sehr häufig. Aber heute gibt es gute Therapien, die Forschung ist weit fortgeschritten auf dem Gebiet der Krebsbekämpfung."

„Wie entsteht Leukämie überhaupt?"

„Es geht um die Bildung von weißen Blutkörperchen. Wenn die unterbrochen ist und nur unfertige weiße Blutkörperchen entstehen, verdrängen diese die gesunden und auch die Blutplättchen. Es entsteht Leukämie."

„So ein Mist!"

„Scheiße ist das!"

„Mein Opa hat auch Krebs!"

Die Ausrufe verschafften den bedrückten Schülerseelen Luft.

„Peter wird für viele Wochen nicht zur Schule kommen können, er muss sich einer langwierigen Therapie unterziehen; deshalb werde ich ihn zu Hause unterrichten."

„Können wir ihn besuchen?"

„Vielleicht, aber das muss ich mit seinem Vater besprechen. Unter Umständen können wir einen Besuchsdienst organisieren, der nicht zu anstrengend für den Kranken ist. Wir werden sehen. Jetzt wollen wir aber arbeiten, wir haben schon eine Menge Zeit verloren. Zunächst wiederholen wir aus der letzten Stunde: Was ist eine Rahmenhandlung? Emma bitte, in wenigen Sätzen, wenn es geht. Was ist denn bloß wieder da hinten los?"

Unwillig schaute Frau Kampmann über die Bankreihen. Die Unruhe aus der letzten schwappte bis zum Lehrertisch und durchlöcherte die mühsam aufgebaute Konzentration. Frank Reichert tuschelte nach rechts und links, beugte sich nach vorn zu den Mädchen in der Reihe vor ihm. Einige drehten sich um und kicherten, andere zischten böse.

„Jetzt ist aber mal Schluss!"

Frau Kampmanns Stimme nahm einen schärferen und um einige Nuancen lauteren Ton an. Dann stutzte sie, etwas war in der Sitzordnung anders als sonst.

„Sag mal, Tina, wieso sitzt du heute hier vorne? Dein Platz ist doch in der zweiten Reihe. Dörte soll doch vorne sitzen, so haben wir es gemeinsam festgelegt, wenn ich mal daran erinnern darf."

Tina strahlte Frau Kampmann unbefangen an. Sie war ein fröhliches, unkompliziertes Mädchen, fleißig und bei allen Kameraden und Lehrern beliebt. Ganz besonders bei Hannes. Er saß in der dritten Reihe am Fenster und konnte Tina unbemerkt beobachten, ihre Art zu lesen und zu reden, sich zu melden und Antworten zu geben. Manchmal fielen Sonnenstrahlen auf ihre Haare und erzeugten einen goldenen Glanz, der sie für ihn zu einem Engel werden ließ. Jetzt beobachtete er, gespannt wie alle anderen, was vorne am Lehrertisch abging.

„Ich habe mit Dörte getauscht. Gestern konnte ich so wenig verstehen, die da haben ständig gequatscht."

Tina zeigte mit dem Finger hinter sich. Frau Kampmann beschloss, dem nicht weiter nachzugehen und endlich mit dem Unterricht zu beginnen. Viel zu oft war es so, dass man als Klassenlehrerin Dinge zu besprechen hatte und der Unterrichtsstoff zurückstehen musste. Mit dem Lektüreheft in der Hand ging sie vor der ersten Bankreihe auf und ab. Sie rief Emma noch einmal auf, deren feste, laute Stimme bald alle anderen Geräusche wegwischte. Konzentriert hörten Frau Kampmann und die Mehrheit der Klasse zu, was die Schülerin sagte:

„Also eine Rahmenhandlung liegt vor, wenn eine Handlung beginnt, dann abbricht und etwas anderes erzählt wird, was sich meistens vorher abgespielt hat, aber im Sinnzusammenhang mit der Rahmenhandlung steht. Wenn die Binnenhandlung zu Ende ist, …"

Plötzlich zuckte die Lehrerin zusammen, blieb vor Schreck stehen und starrte entsetzt auf den Lehrertisch. Eine dicke, schwarz behaarte Spinne mit langen, ebenso schwarzen Beinen krabbelte behäbig über das Klassenbuch und Frau Kampmanns Unterlagen. Ein paar Mädchen kreischten, andere kicherten, einige Jungen schlugen vor Begeisterung mit den Handflächen auf die Tische. Tina sah erwartungsvoll auf Frau Kampmann.

Ruhig bleiben, Edith, ermahnte diese sich, so große Spinnen gibt es in unseren Breiten nicht, schau mal genauer hin. Da entdeckte sie die Gummischnur, die an dem Tier befestigt war und direkt zu Tina führte, die das andere Ende unter der Tischkante festhielt und damit das Untier in verschiedene Richtungen steuern konnte; sie grinste vergnügt, auch Frau Kampmann konnte sich ein Lächeln nicht verkneifen.

„Seit wann züchtest du denn schwarze Spinnen? Jetzt wird mir auch der Sinn der Umsetzerei klar. Da hast du mich ja ganz schön reingelegt. Nun sperre deine Spinne mal wieder in der Tasche ein, wir wollen endlich anfangen. Und die anderen Lehrerinnen lasst ihr bitte auch mit der Spinne in Ruhe."

Ihre Stimme duldete keinen Widerspruch und keine Unterbrechung mehr. Während Tina ihr Insekt zufrieden in ihrem Rucksack verschwinden ließ, wandte sich Frau Kampmann der zuvor aufgerufenen Schülerin wieder zu, Emma begann mit ihrer Erklärung einer Rahmenhandlung von vorne, kurz und knackig, so wie es ihre Art war.

„… Der zweite Teil der Rahmenhandlung schließt dann das gesamte Buch ab."

Kaum war sie fertig, gab es den nächsten Einwurf.

„Können wir nicht etwas Moderneres und Spannenderes lesen, Stephen King zum Beispiel? Ich ziehe mir gerade den „Friedhof der Kuscheltiere" rein, das ist der reinste Horror, da schnallst du ab."

„Ich lese ,Carrie', das ist auch echt geil! Auch wenn ich manchmal nicht schlafen kann."

„Eine Lektüre, nach der man nicht schlafen kann, nein danke, das halten weder unser Bildungsplan noch ich für erstrebenswert. Davon ganz abgesehen, wenn wir in unserem Heft weiter fortgeschritten sind, werdet ihr bemerken, dass sie auch ganz schön gruselig ist, jedenfalls manchmal. Und jetzt Schluss mit jeglicher Diskussion."

Dann ging es an die Arbeit mit einigen kleinen Kurzvorträgen, deren Themen an der Tafel standen: „Jetzt arbeitet ihr in euren Gruppen, Sprecher sind Roland, Valeria, Mascha und Fritz. Rolands Gruppe erarbeitet Thema eins, eine inhaltliche Zusammenfassung der Rahmenhandlung, Valeria berichtet uns vom Verhalten der Gotte bei Tisch, das ist Thema zwei; ihr erklärt auch, was eine Gotte überhaupt ist. Thema drei hat Fritz: Er stellt mit seiner Gruppe zusammen, was über Essen und Trinken gesagt wird, soweit wir gelesen haben. Auf Vollständigkeit kommt es nicht an."

Frau Kampmann legte ein beschriebenes Blatt vor Mascha auf den Tisch.

„Und dies ist Thema vier, für dich und deine Gruppe, Mascha. Hier sind Seiten- und Zeilenangaben. Versucht bitte die Bedeutung des dort Geschriebenen herauszufinden und in unser heutiges Deutsch zu übersetzen."

„Ja genau, Frau Kampmann, ich versteh überhaupt nichts, das ist eine abartige Sprache, so spricht heute kein Mensch mehr."

Zustimmendes Gemurmel von allen Seiten.

„Das ist richtig, aber die Menschen haben früher eben in jeder Region, in jedem Land anders gesprochen. Denkt nur an die vielen Dialekte allein bei uns in Deutschland. Der Schweizer Jeremias Gotthelf hat die Novelle 1842 geschrieben. Einiges aus der Sprache damals hat seinen Weg in den süddeutschen Raum gefunden; fragt doch mal eure Großeltern, ob die nicht das eine oder andere Wort kennen und noch verwenden. Wie ist es zum Beispiel mit dem Wort „Kächeli, kommt es euch nicht bekannt vor?"

„Stimmt", rief Tina, „meine Oma redet manchmal von Kächele und meint ein kleines Töpfchen oder so etwas."

„Mascha wird mit ihrer Gruppe sicher zu weiteren interessanten Erkenntnissen gelangen. Omas und Opas zu befragen, ist doch gar nicht mal so schlecht. Und jetzt alle an die Arbeit. Ihr habt dreißig Minuten Zeit. Morgen werden die Ergebnisse im Plenum vorgetragen."

Bald hatten sich die Gruppen gebildet, und die Schüler waren in ihre Arbeit vertieft. Mit scharfen Worten rief Frau Kampmann Frank und einige andere noch einmal zur Ordnung, so dass endlich Ruhe herrschte.

Flüsternd unterhielt sie sich mit Kevin, der noch Fragen hatte. Dass in der Zwischenzeit ein Zettel von ganz hinten in die dritte Reihe zu Hannes gewandert war, hatte sie nicht bemerkt; auch nicht, dass einige Mädchen kicherten und einen roten Kopf bekamen, als sie ihn lasen und weitergaben;

auch nicht, dass Hannes ihn krampfhaft in seiner Faust versteckt hielt, dass er abwechselnd blass und rot geworden war, dass er die Tränen nur mühsam zurückhielt. All das kam bei ihr nicht an.

Als sie gerade die Hausaufgabe erklärt hatte, klingelte es. Sogleich wanderten Lektüre und Deutschhefte zurück in die Rucksäcke, die Schüler strömten in die Pausenhalle.

Mit gesenktem Kopf schob Hannes den Zettel in seine Jackentasche, stand auf und drückte sich hinter den anderen auf den Flur. Alles war wie immer.

5

„Yodo", zischte es plötzlich neben Hannes. Den heftigen Stoß in den Rücken konnte er gerade noch abfangen, indem er sich an der Wand abstützte. Frank und seine Gefolgschaft standen in einem Pulk und versperrten ihm den Weg. Wieder traten Hannes Tränen in die Augen.

„Oh, hast du dir weh getan? Das tut uns aber Leid. So ein zartes Büchchen."

Als sich Lehrer Hauser näherte, verschwand die Gruppe wie vom Erdboden verschluckt. Hannes wischte sich über die Augen, Herr Hauser sah ihn forschend an.

„Alles in Ordnung mit dir?"

Hannes nickte und drehte sich weg. Helfen konnte ihm sowieso keiner, auch nicht der nette Herr Hauser. Hannes hatte überhaupt nichts verstanden, nur „o o", eine freundliche Ansage war das ganz bestimmt nicht. Aber was machte das schon, Hannes war Schlimmeres gewöhnt.

Der Lärm in der Pausenhalle schlug über ihm zusammen. Die niedrige Decke warf Stimmen, Gelächter und Geschrei dreifach laut zurück. An zwei Seiten gab es zahlreiche Sitzgelegenheiten, auf denen sich Kinder lümmelten. Der Kiosk des Hausmeisters war von Schülertrauben belagert. Kollege Hauser hatte Aufsicht und versuchte Ordnung vor dem Verkaufsstand herzustellen; besonders solche Kinder hatte er im Auge, die sich mal wieder im aktiven Anstehen übten. Freundlich lächelte er Edith Kampmann zu, die in Gedanken versunken zum Lehrerzimmer eilte.

Vielleicht war diese Lektüre doch zu schwer für ihre Klasse, die Sprache zu fremd, auch wenn die darin enthaltenen Gedanken und Wahrheiten zeitlos waren. Es kostete einfach zu viel Kraft, die Schüler in der Spur zu halten. Kraft, die sie besser für erzieherische Aufgaben einsetzen könnte. Wahrscheinlich würde sie in den kommenden Jahren andere Lektüren bevorzugen, die nicht weniger anspruchsvoll, aber doch moderner waren, Lehrplan hin oder her. Die Lehrerzimmertür fiel hinter ihr ins Schloss.

An eine der schlanken Säulen gedrückt stand Hannes, Zornesröte im Gesicht, die Fäuste in den Jackentaschen vergraben. Niemand achtete auf
ihn, was ihm gerade recht war. Sie alle konnten ihm gestohlen bleiben.
„Kommste mit raus aus dem Haus?"
Wie aus dem Nichts stand Fritz plötzlich neben ihm und sah ihn auffordernd an. Fritz war der netteste von allen Jungen seiner Klasse. Niemals
machte er mit beim Hänseln und Ärgern der Schwächeren. Er war mindestens einen Kopf größer als Hannes und sehr schlank. Die braunen Haare
reichten fast bis auf die Schultern und gaben ihm ein bisschen das Aussehen eines Künstlers, ebenso die langen, feingliedrigen Finger. In seinem
blassen Gesicht fielen die braunen Augen auf, die immerzu herumeilten
und alle wichtigen Informationen einsammelten, über denen aber oft ein
Schleier von Trauer hing. Die Mädchen mochten ihn, vielleicht weckte er
mit seiner Zurückhaltung und der tragischen Aura um sich herum mütter-
liche Instinkte in ihnen. Fritz redete nicht viel, sein Platz in der Klassen-
hierachie befand sich sehr weit außen, nur der von Hannes war schon im
Nirwana verschwunden. Fritz achtete darauf, nirgends anzuecken und kein
Aufsehen zu erregen, weder bei Lehrern noch bei Mitschülern; seine Leistungen waren in allen Fächern mittelmäßig. Jeder wusste: Fritz wollte nur
in Ruhe gelassen werden. Er liebte es, in Reimen zu sprechen und ging
damit nicht wenigen Mitschülern auf die Nerven. Doch das ließ ihn kalt.
Hannes nickte. Fritz zog ihn am Ärmel auf den Hof. Sie setzten sich auf
eine etwas abseits gelegene Sitzbank. Ein heftiger Wind fuhr durch die
Bäume, es sah nach Regen aus. Nur wenige Schüler hatten sich nach
draußen gewagt, tobten und schrien; niemand kümmerte sich um Hannes
und Fritz.
„Zeig mal her!"
Auffordernd hielt Fritz Hannes seine offene Handfläche hin. Hannes war
überrascht, dass Fritz die Wanderung des Zettels mitgekriegt hatte. Er zögerte. Sollte er Fritz vertrauen oder wollte der sich auch nur über ihn lustig machen wie all die anderen? Aber zu wem konnte er sonst schon gehen, zu einem Lehrer oder Frau Kampmann, die immerhin seine

Klassenlehrerin war? Niemals, er würde sich furchtbar schämen. Langsam fummelte er den Zettel aus der Jackentasche und faltete ihn auseinander, schob ihn aber gleich wieder zurück, als ein Schatten auf die beiden Jungen fiel. Hannes und Fritz schauten auf. Emma hatte sich, eine Cola schlürfend, breitbeinig vor ihnen aufgebaut.

„Mensch, Hannes, ich wollte dir nur sagen, mach dir nichts draus. Der Frank ist so ein Spacko, das weiß doch jeder. Für den muss man sich ja fremdschämen. Gerade eben habe ich ihm mal meine Meinung gesagt von wegen immer Schwächere ärgern und so, und dass er dich in Ruhe lassen soll. Ich sag euch mal was: Immer, wenn ich mich zur letzten Reihe umdreh, wo all die Spackos sitzen, bekomm ich Augentinitus. Also schieb bloß keine Panik."

Emma verdrehte die Augen, dann warf sie einen prüfenden Blick über den Hof.

„Da kommen gerade Tina und Valeria, ich check mal, was geht. Bis nachher."

Emma Krautter hatte noch andere Mädchen aus der Klasse entdeckt und drehte den beiden Jungen den Rücken zu. Sie meinte es gut mit Hannes, mit allen Schwächeren, das hatte sie schon oft bewiesen; besonders, wenn sie Frank und seine Gefolgsleute kräftig in den Senkel stellte, und das konnte sie, ohne mit der Wimper zu zucken, Angst und Schüchternheit waren Fremdwörter für sie. Dabei half ihr, dass sie von großer, kräftiger Statur war und mit Frank auf Augenhöhe verhandeln konnte; das durfte man getrost wörtlich nehmen. Blonde, kurze Haare rahmten ein rundes Gesicht mit blaugrauen, furchtlosen Augen ein. Nein, Emma nahm kein Blatt vor den Mund, wenn sie jemandem ihre Meinung sagte. Auch Lehrern konnte sie kräftig auf die Füße treten, wenn sie ein Unrecht gegenüber einem Mitschüler witterte; ob sie bei ihnen beliebt war oder nicht, scherte sie wenig. Im erregten Zustand ließ sie eine ganze Batterie übelster Schimpfwörter los, so dass sogar Frank den Mund hielt, voller Hochachtung für Emma, die Furchtlose. Doch meistens redete sie sehr erwachsen und vernünftig.

„Jetzt mach schon."

Wieder die fordernde Hand. Hannes legte zögernd den Zettel hinein, zur anderen Seite blickend, so sehr schämte er sich. Fritz faltete ihn sorgfältig auseinander.

Hallo Pussy, du hast so einen süßen Arsch, den möchte ich mal ...Wenn ich dich ansehe, bin ich total hormongeflashed ...

Fritz bekam einen roten Kopf.
„So ein Schwein, der hat sie nicht mehr alle, der ist ja voll durch."
Angewidert gab Fritz Hannes den Zettel zurück, der ihn wieder einsteckte.
„Der redet wie ein Perverser, wie'n Homo. Was willste nun machen?"
„Gar nichts. Was soll ich schon machen? Meiner Mutter kann ich diesen Wisch bestimmt nicht zeigen, die dreht durch."
Eine Weile saßen die Jungen stumm da, aßen ihre Brote und tranken einen Schluck aus der Flasche. Hannes fröstelte, und daran war nicht nur der kühle Wind schuld. Das Leben war manchmal echt Scheiße.
„Man sollte die ganze Bande im Meer versenken, dann wäre Ruhe. Wenn man wenigstens jemanden hätte, der einem helfen könnte. Einen Vater zum Beispiel mit dem Auftreten von einem Mafiaboss, so dass die Angst kriegen. Wo ist eigentlich dein Vater?"
Fritz sah Hannes ernst an.
„Mein Vater lebt in München und ist Filialleiter einer Gartencenterkette. Ich sehe ihn nur in den Ferien und wenn ich Geburtstag habe. Und deiner?"
Fritz sah Hannes teilnehmend an, dann schaute er sich um, senkte den Kopf und flüsterte fast nur noch.
„Mein Vater hat auch Krebs. Er liegt den ganzen Tag im Bett oder auf dem Sofa, wenn er nicht gerade im Krankenhaus zur Therapie ist. Die macht ihn ganz schwach, er kann kaum noch aufstehen. Meine Mutter muss alle Arbeit im Haus machen, Geld für eine Haushaltshilfe haben wir nicht; außerdem arbeitet sie halbtags in einer Bäckerei. Ich nehme ihr so viel ab, wie ich kann, deshalb habe ich für Hausaufgaben kaum Zeit. Kannst du

Küche und Bad putzen und kochen? Ich schon. Aber von so etwas haben die ja keine Ahnung, die mit der großen Klappe. Tja, wie es aussieht, haben wir beide leider keinen James Bond zum Vater, wir müssen uns selber helfen."

Hannes schwieg. Was sollte er schon sagen? Einen beschützenden Erwachsenen im Rücken zu haben statt einer furchtsamen Mutter, wäre sicher schön, aber so war es nun mal nicht.

„Kannst du ein Geheimnis für dich behalten?"

Hannes nickte.

„Wenn ich meinen Vater so daliegen sehe, so schwach und leidend, denke ich manchmal an Selbstmord. Ich habe Angst davor, dass er stirbt, dass er für immer weg ist, dass meine Mutter nur noch weint wie unsere Nachbarin, deren Mann vor ein paar Wochen gestorben ist. Wenn du tot bist, kriegst du das alles nicht mit. Und ärgern kann dich auch keiner mehr."

Hannes bekam plötzlich kalte Finger, ihm wurde übel. Ein frostiger Schauer raste über seinen Rücken. Er sprang auf.

„Spinnst du? Wenn du tot bist, hast du gar nichts mehr, auch deine Mutter nicht, und sie dich auch nicht. Meinst du, das hilft ihr wirklich, zwei Tote? Und rückgängig machen kann man das auch nicht, tot ist tot. Und die andern leben frech und munter weiter. Das ist doch nichts. Außerdem ist Selbstmord von der Kirche her verboten, hat meine Mutter gesagt."

Hannes hatte sich in Rage geredet, mit blitzenden Augen und roten Wangen stand er vor Fritz. Der sah ihn erstaunt an. So kannte er den schüchternen Hannes gar nicht, er knuffte ihn in die Seite.

„Bleib schön flauschig, Mann. Soll ich dir mal was sagen? Die Kirche ist mir so was von egal. Der liebe Gott macht meinen Vater auch nicht wieder gesund, der schon gar nicht. Aber okay, dann müssen wir eben die Großmäuler selber ruhig stellen, die Schreihälse, die Quälgeister und Brotgehirne. Ich weiß auch schon, wie: Kennst du „Star Wars?""

Fritz wartete eine Antwort gar nicht erst ab; jetzt sprang auch er auf und gestikulierte wild mit den Armen vor Hannes' Gesicht, als ob er ein Schwert führte. Dabei stieß er seltsame Schreie aus.

„Alle Filme habe ich bisher gesehen, einige sogar mehrere Male. Ich bin ein Jedi-Ritter und werde dir helfen gegen die bösen Sith und ihren Anführer, gegen Darth Vader, genannt Frank Reichert. Von ihm bleibt nicht das kleinste Stück, denn das Imperium schlägt zurück."

Hannes sah Fritz sprachlos an, der sich in Begeisterung geredet hatte. In seinem Kopf rotierte es.

Der Fritz ist ja total weggetreten, eben redet er noch von Selbstmord und jetzt von Krieg. Jedi-Ritter, der hat sie ja nicht mehr alle. Ob der merkt, dass ich nur Bahnhof verstehe, vom „Krieg der Sterne" und seinen Helden null Ahnung habe? Ich muss zu Hause unbedingt ins Internet gehen, sonst bin ich blamiert für immer und ewig. Mozart muss eben auch mal warten.

Es klingelte zur nächsten Stunde. Die Schüler strömten in Grüppchen in die Klassenzimmer zurück. Hannes und Fritz gehörten zu den letzten, bevor es zum zweiten Mal klingelte.

„Fritz, hör mal, ich muss dich was fragen. Was heißt o o? Ich hab's nicht richtig verstanden."

„Yodo? Kennst du nicht? You Only Die Once. Ach, vergiss es."

Fritz hielt Hannes am Ärmel zurück und sah ihn beschwörend an.

„Kein Wort zu niemandem, worüber wir gesprochen haben, klaro? Morgen erklär ich dir alles."

6

„Liebe Kolleginnen und Kollegen, es ist 14 Uhr, hiermit eröffne ich den heutigen Lehrerrat."

Schulleiter Ossowsky hatte an der Stirnseite einer Tischreihe Platz genommen und seine Unterlagen vor sich abgelegt. Er warf einen prüfenden Blick über das versammelte Kollegium. Die Gespräche rund um den langen Tisch verstummten allmählich. Die Sonne flutete den Raum mit Helligkeit und hüllte Lehrerinnen und Lehrer in wohlige, aber auch schläfrige Wärme.

„In der alphabetischen Reihenfolge ist Frau Schwab mit der Protokollführung dran. Kollegin, bitte halten Sie zunächst die Namen der Abwesenden im Protokoll fest."

Frau Schwab verzog ob der unerwarteten Aufgabe das Gesicht, machte sich dann aber an die Arbeit. Herr Ossowsky fuhr fort:

„Wie Sie der Einladung zur heutigen Konferenz entnommen haben, geht es im Wesentlichen um zwei Themen: Erstens: Neue Unterrichtsformen an der Realschule und zweitens: Computer und Internet."

„Schon wieder etwas Neues", stöhnte jemand am hinteren Ende des Tisches. Doch der Schulleiter ging darauf nicht ein.

„Demnächst steht uns,wie Sie alle wissen, ein neuer Bildungsplan ins Haus, für den die Kenntnis verschiedener neuer Organisationsformen des Unterrichts unerlässlich ist, denn sie werden in der Schule der Zukunft einen breiten Raum einnehmen. Wenn ich es richtig sehe, wird sich kein Lehrer da heraushalten können, denn alle Schulfächer werden betroffen sein. Ich denke da an Partner- und Gruppenarbeit, die manche von Ihnen nicht nur schon kennen, sondern auch ausprobiert haben. Darüber hinaus sollten Sie sich auch mit Mindmaps, Lernzirkeln und Präsentationsformen befassen, um nur einige Möglichkeiten zu nennen. Auch hier haben verschiedene Kolleginnen und Kollegen schon Erfahrungen gesammelt."

„Meine wichtigste Erfahrung ist, dass es so gut wie kein Material zu Lernzirkeln gibt", meldete sich Frau Müller zu Wort, „zumindest für Englisch nicht. Wie stellen die sich das im Kultusministerium vor? Soll ich die Materialien selber herstellen? Da brauche ich nicht nur einen Nachmittag, sondern mehrere, und dann für verschiedene Klassenstufen auch noch unterschiedliche Lernzirkel. Da bin ich ein ganzes Jahr nur mit Basteln beschäftigt. Das ist ja nun wirklich nicht meine Aufgabe, kann man das nicht im Kunst- oder Werkunterricht machen? Und unsere Klassenstärken sind ziemlich hoch, wenn ich daran erinnern darf."

„Der Kunstunterricht ist keine Zulieferfirma", tönte es aus einer Ecke.

„Außerdem ist Englisch ein Korrekturfach."

„Deutsch auch", kam es von der anderen Seite zurück.

„Mathe auch", mischte sich noch jemand ein. Es wurde gekichert. Frau Müller bekam einen roten Kopf, Herr Ossowsky blickte missbilligend in die Runde.

„Das brauchen Sie mir nicht zu sagen, Kolleginnen und Kollegen, ich bin darüber im Bilde und schätze Ihren Arbeitseinsatz in unserem Schulalltag sehr. Leider ist es aber so, dass es sicher noch einige Zeit dauern wird, bis von Seiten der Schulbuchverlage entsprechende Vorlagen auf den Markt gebracht werden, die hinken, wie wir aus Erfahrung wissen, immer eine gewisse Zeit hinterher."

„Also warten wir das mal in Ruhe ab", wandte sich Frau Müller spitz und flüsternd an Margot Schuler, „bloß nicht in Panik ausbrechen. Kommt Zeit, kommt Material."

„Angedacht ist, dass die Kolleginnen und Kollegen fachbezogene Teams bilden und, in Arbeitsteilung natürlich, erst einmal zu einigen wenigen Themen ihres Fachbereiches einfache Zirkel erstellen, um damit in ihren Klassen Erfahrungen zu sammeln."

O je, dachte Frau Kampmann, das kann ja heiter werden. Wenn ich so an meine lieben Fachkollegen in Deutsch oder Erdkunde denke, mache ich mein Material vielleicht lieber alleine. Es geht doch schon damit los, für Themenabsprachen und Aufgabenverteilung einen Termin zu finden, der allen passt. Und das zusätzlich zu all den vielen Korrekturen und sonstigen Unterrichtsvorbereitungen, zu Elterngesprächen und Fachkonferenzen, also da hat Susanne Müller wirklich Recht.

Der Schulleiter fuhr fort:

„Der nächste pädagogische Tag ist schon terminiert, wir werden ihn für diese Unterrichtsformen und die Themen drum herum nutzen."

„Was die Arbeitsform Gruppenarbeit anbetrifft, gibt es das Problem der Benotung, habe ich festgestellt", meinte Arno Schütt. „Auch darüber müssten wir uns dringend unterhalten und einheitliche Regeln festlegen. Es ist doch immer so, dass einige in der Gruppe sehr fleißig sind und andere sich einfach anhängen, was oft zu Ärger führt, wenn alle die gleiche Note bekommen, mit Recht, wie ich meine."

„Genau, das war in meiner Klasse auch so; letzten Endes tun sich die Fleißigen von vornherein nur mit anderen Tüchtigen zusammen, wenn sie merken, dass alle Arbeit sonst allein an ihnen hängen bleibt; solche Gruppen kassieren dann die besten Noten ein. Wenig motivierte Schüler bleiben dabei ganz schön auf der Strecke."

Diese Bemerkung setzte eine lebhafte Diskussion in Gang, denn zahlreiche Kolleginnen und Kollegen hatten schon das eine oder andere ausprobiert und ähnliche Erfahrungen gemacht. Frau Kampmann dachte an das Thema „Balladen" in einer fünften Klasse in Deutsch, bei dem sich einige Gruppen mit der Herstellung dekorativer Plakate so viel Mühe gegeben hatten, dass sie über Monate im Klassenzimmer aufgehängt blieben. Oder an das Thema „Weltreligionen" in Ethik; die Darstellung der Gruppenergebnisse war für den Rest des Schuljahres an den Wänden des Ethikzimmers sichtbar. Auch wenn ein paar faule Schlawiner manchmal mit durchrutschten, übers Ganze gesehen war die Gruppenarbeit eine positiv zu beurteilende Unterrichtsform, fand Frau Kampmann. Wenn es nur bessere Materialien gäbe! Im Vorfeld gab es für den Lehrer viel Arbeit mit Planung und Bereitstellung der Aufgaben für Zirkel oder Gruppenarbeit; aber wenn die Schülerarbeit anlief, konnte er sich zurücknehmen und an Schwerpunkten individuelle Hilfestellung leisten. Ohne Zweifel stand, anders als beim Frontalunterricht, die Aktivität des Schülers im Vordergrund.

Der Schulleiter verschaffte sich wieder Gehör:

„Ich stelle erfreut fest, dass Sie das Thema der neuen Unterrichtsformen interessiert, auch wenn die Probleme zahlreich sind, da sollten wir uns nichts vormachen. Mit den Schwierigkeiten im Einzelnen werden wir uns noch befassen. Ich habe mir vorgestellt, dass einige Kolleginnen und Kollegen, die schon etwas mehr Erfahrung mit den eingangs von mir genannten Formen haben, kleine Vorträge dazu vorbereiten und uns das nächste Mal informieren. An die Betreffenden werde ich in den nächsten Tagen herantreten."

Noch mehr Extraarbeit, stöhnte mancher innerlich, sollen das doch die ohne Korrekturfach machen, die haben doch viel weniger zu tun. Bloß nicht ich! Die Privatgespräche von Nachbar zu Nachbar hatten wieder eingesetzt.

„Auch das selbstständige Erarbeiten und Präsentieren von Referaten wird im neuen Bildungsplan eine große Rolle spielen. Wir werden einige Flipchartständer anschaffen und die dazu gehörigen Stifte, farbigen Papiere, Scheren und so weiter, also mehrere Moderationskoffer. Jeder Schüler soll lernen, allein oder mit anderen zum Beispiel ein Mindmap und Ähnliches anschaulich erstellen zu können."

„Mind maps habe ich schon mehrfach in meiner Klasse gemacht."

„Viele müssen erst einmal leserlich schreiben lernen, bevor man sie an ein Flipchart lässt."

Das gilt auch für so manchen von euch, liebe Kollegen, ihr habt zum Teil eine richtige Sauklaue, dachte Frau Kampmann, sagte aber nichts.

„Ich bitte um Ruhe. Der nächste Punkt auf unserer Tagesordnung ist der Umgang mit Computer und Internet, kurz ITG genannt. Für die, die es noch nicht wissen: Das ist die Abkürzung für „Informationstechnische Grundkenntnisse", das wird uns alle in naher Zukunft beschäftigen, wenn auch nur bestimmte Lehrer den Unterricht in diesem neuen Fach erteilen werden. Unsere Schüler lernen an den schuleigenen Computern Anwendungsprogramme und Tabellenkalkulation. Ich denke, auch da wird sich niemand heraushalten können, zumal jetzt schon die Situation besteht, dass viele Schüler uns da um einiges voraus sind. In zahlreichen Familien gibt es PCs, an denen die Schüler eifrig üben. Es sind eher die Lehrer, die auf diesem Gebiet Nachhilfestunden benötigen."

„Auch das noch."

„Haben wir nicht schon genug zu tun?"

„Ich konnte meine Noten bisher auch ohne Computer ausrechnen."

Wieder stieg der Geräuschpegel am Konferenztisch um etliche Nuancen. Der Schulleiter hob seine Stimme.

„In naher Zukunft sollten Sie alle in der Lage sein, Ihre Noten selbst in unseren Computer einzugeben und noch vieles mehr. Ich muss kein Prophet sein, um vorauszusagen, dass der Umgang mit Computer und Internet Bestandteil des Unterrichts und Ihres Lehrerdaseins werden wird."

„Reicht das nicht, wenn die Mathelehrer das können? Die sollen das doch unterrichten."

„Es geht nicht nur um den Unterricht mit neuen Medien, auch die Schulverwaltung, Zeugniserstellung und vieles mehr wird digitalisiert werden, so viel ist sicher. Sie kommen um gewisse Kenntnisse und deren Anwendung nicht herum."

Heidelinde Schwab und Marion Kahl lehnten sich in ihren Stühlen zurück und verschränkten die Arme vor der Brust, als ob sie das Ganze nichts anginge. Nichts wird so heiß gegessen, wie gekocht wird, sollte das heißen, wir können abwarten.

An den flapsigen Bemerkungen, die mehr leise als laut um den Tisch herum liefen und nicht unbedingt für die Ohren der Schulleitung bestimmt waren, konnte Herr Ossowsky erkennen, dass auch hier bei manchem, besonders bei älteren Kolleginnen, die Ablehnung groß war; da war noch eine Menge Überzeugungsarbeit zu leisten.

„Wir werden all die Fragen, die jetzt nur angerissen wurden, in den kommenden Schulwochen gründlich besprechen, und hoffentlich einiges bald in die Tat umsetzen. Also keine Aufregung, bitte. Wir beenden das Thema vorerst. Fächerübergreifendes Arbeiten ist auch ein Thema für die nähere Zukunft, womit wir uns zu beschäftigen haben, das nur mal als Ausblick, das packen wir heute nicht mehr an.

Jetzt habe ich nur noch einige Verwaltungsanordnungen vorzustellen, Termine und sonstiges. Deshalb bitte ich noch einmal um Ihr Gehör, auch wenn die Konzentration verständlicherweise langsam nachlässt."

Frau Kampmann war müde und vor allem hungrig. Nach der sechsten Stunde hatte sie nur den Rest ihres Vespers, ein Glas Wasser und eine Tasse Kaffee zu sich genommen. Die Zeit war einfach zu kurz gewesen für ein richtiges Mittagessen. Das konzentrierte Zuhören fiel ihr immer schwerer. Sie sehnte das Ende der Konferenz herbei, wollte nur noch nach Hause mit der Aussicht auf Ruhe, Frieden und ein gutes Essen.

7

Anakin Skywalker - Darth Vader – Jedi-Ritter – Sith – Imperator – Luke Skywalker – Leia ...

Hannes schwirrte der Kopf. Gleich nach dem Essen hatte er sich an den Computer gesetzt und "Krieg der Sterne" im Internet aufgerufen. Zunächst versuchte er, sich die Namen der Hauptpersonen zu merken; sehr ungewöhnliche Namen waren das. Dann vertiefte er sich in eine Handlung, die ihm auch mehr als fremd vorkam. Und furchtbar kompliziert. Namen und Orte, Menschen und Maschinen, wer sollte sich das alles merken? Bald schweiften seine Gedanken ab in eine Welt jenseits der Wolken, jenseits von allem, was er mit bloßem Auge sehen konnte. Ob es wirklich eine Welt außerhalb des Sonnensystems gab, ob irgendwo Wesen lebten, die den Menschen ähnlich waren, so dachten und handelten wie sie? Ob irgendwo Fahrzeuge durch Welten rasten, deren Aussehen und Ausstattung er sich in seiner Phantasie nie vorstellen könnte? Sie sausten von Planet zu Planet, irgendwo im Weltall, immer weiter; aber wo war das Ende aller denkbaren Welten, gab es überhaupt ein Ende?

Hannes schwirrte der Kopf, aber die Vorstellung von Lebewesen irgendwo da draußen ließ ihn nicht los. Vielleicht kämen sie mal auf die Erde zu Besuch, zu ihm, und würden ihm so ein Lichtschwert bringen, wie es die Jedi-Ritter besaßen und mit dem er ohne Mühe Frank und seine Bande töten könnte. Ein Lichtschwert, das wär's! Natürlich würde er mit Fritz gemeinsame Sache machen. Sie wären die Jedi-Ritter, die Guten, und würden die Bösen, die Sith, bekämpfen. Und die schöne Prinzessin Leia-Tina aus deren Fängen retten, das war schon mal sicher. Er würde ihr Beschützer sein.

Hannes seufzte und kehrte unwillig in die Gegenwart zurück. Da war die Frage, warum die anderen so hässlich und gemein zu ihm waren, sie stand ebenfalls noch unbeantwortet im Raum. Er tat doch niemandem etwas. Seine Vorliebe für Mozart hielt er geheim, um sich nicht dem Spott derer auszuliefern, die härtesten Rock bevorzugten. Dass er eine sportliche Niete war und sich niemals mit anderen Jungen prügelte, stand auch auf seinem Negativ-Konto, das war klar. Mochten sie ihn deshalb nicht?

Nur mühsam konnte sich Hannes auf die Hausaufgaben konzentrieren, auf die Fragen seiner Mutter nach der Schule, die ihm immer lästig waren, aber heute ganz besonders. Auch Jussi musste auf seine Aufmerksamkeit verzichten. Hastig machte er dessen Käfig sauber und versorgte ihn mit Futter und frischem Wasser.

„Sorry, Jussi, hab heute keine Zeit für dich, ich führe Krieg, muss mich um meine Verteidigung kümmern."

Auch die Flotte seiner Kriegsschiffe erschien ihm plötzlich wie Kinderkram und neben einem Lichtschwert als Waffe geradezu lächerlich. Er schüttelte den Kopf über sich; ihm schien, als sei er seit dem Gespräch mit Fritz viel erwachsener geworden.

Dessen Elan hatte Hannes infiziert. Er musste unbedingt weiter darüber nachdenken, welche Möglichkeiten es gab, gegen das Böse in seinem Leben anzugehen. Er legte sich aufs Bett, stellte den Recorder an und starrte gegen die Decke. Mozart würde ihm helfen, alle Geräusche von draußen auszuschalten, damit er sich auf seine Rettung und den Untergang der anderen konzentrieren konnte.

Gab es überhaupt ein Leben ohne das Böse, ohne Gewalt, Hass und Tod, hier auf der Erde oder irgendwo da draußen im Weltall? Vielleicht würde man das Gute gar nicht bemerken ohne Kenntnis des Bösen. Man könnte nicht wissen, was ein Held ist, wenn er nicht kämpfen und siegen würde. Waren Kampf und Sieg das Wichtigste im Leben? Hannes schwirrte der Kopf.

Die „Zauberflöte" überflutete das Zimmer mit vertrauten Klängen. Hannes ließ sich für eine Weile in ihre Wunderwelt entführen. Tamino hatte seine Zauberflöte, die ihm gegen alle Gefahren half, die seiner Vereinigung mit Pamina entgegen standen. Der ängstliche Papageno machte sich Mut mit einem Glockenspiel. Doch was waren Flöte und Glockenspiel gegen ein Lichtschwert? Nur Spielzeug ohne Gefahr für das Leben. Heute wurde mit härteren Waffen gekämpft, mit richtigen wie Messer und Pistolen, nur dann bliebenVerlierer tot auf der Strecke.

Und wie war es bei Harry Potter? Die Romane standen komplett auf einem Regal in seinem Zimmer, er konnte sie sehen, wenn er den Kopf ein wenig drehte. Zauberstab und Zaubersprüche waren gut und schön im Buch, aber nicht wirklich einsatzfähig gegen Frank und seine Sith.

Hannes überlegte, welche Bücher und Filme er noch kannte, in denen es um Gut und Böse ging, um schlechte und gute Wesen, Krieg und Frieden, Macht und Ohnmacht in Welten außerhalb der Erde.

In „Herr der Ringe" waren Hobbits und Elben die Guten, Sauron und die Orks die Schurken. Die magische Macht ging von einem Ring aus, der die Waffe war, um den Sieg des Bösen in der Welt zu verhindern. Bodo Beutlin und Sam wanderten von Abenteuer zu Abenteuer und wurden aus misslichen Situationen mit Hilfe des Ringes und wohlmeinender Freunde gerettet. Nein, ein Ring mit solchen Fähigkeiten wäre in der heutigen Zeit nicht wirklich vorstellbar, er gehörte in die Welt der Märchen und verhalf dort den Gutmenschen zum Erfolg. Was Fritz und er brauchten, war eine tödliche Waffe, eine echte, wirkliche, denn ihre Bedrohung war auch echt.

Die Mutter rief zum Abendessen.

Besorgt schaute sie ihren Sohn an, dessen Wangen von einer fiebrigen Röte überzogen waren. Schweigsam stocherte er in seinem Teller.

„Fühlst du dich nicht wohl, bist du krank, Hannes?"

Sie wollte nach seiner Stirn fassen, doch unwillig stieß Hannes ihre Hand fort.

„Mir fehlt nichts, lass mich in Ruhe, ich geh ins Bett und lese noch etwas."

Hannes nahm sein Tagebuch mit ins Bett, schob es unter die Bettdecke, bis er sicher war, dass die Mutter ihm nicht nachkam. Dann gingen seine Gedanken wieder auf Reisen. Anakin Skywalker, Tamino, Frodo Beutlin und noch viele andere: Sie taten etwas, sie kämpften um ein Ziel. Und deshalb wuchsen sie über sich hinaus. Jetzt war sich Hannes sicher: Er musste etwas tun. Zunächst einmal schlug er das Tagebuch auf.

Ich muss endlich etwas unternehmen, damit ich von den Jungen in meiner Klasse beachtet werde. Ich muss kämpfen, nur kämpfen zählt. Warum sind alle anderen stark, bin nur ich so ein Waschlappen? Warum habe ich die Gene meiner Mutter geerbt, die ist klein und zierlich und ich leider auch. Deshalb nehmen sie mich nicht für voll. Auch Tina nicht. Ich habe sie zum Eisessen eingeladen, aber sie hat nur gelacht und gesagt, sie habe schon was vor. Das war bestimmt gelogen. Vielleicht geht sie lieber mit Roland aus oder sogar mit Frank. Ich wollte, ich wäre auch so groß und stark wie die. Mädchen mögen nun mal die echten Macker.

Wenn Fritz und ich unseren Kriegszug, der unsere Bestimmung ist, hinter uns haben, werden wir wahrscheinlich sterben, das habe ich im Gefühl. Aber zuerst alle anderen, das ganze Geschmeiß, das nicht wert ist zu leben. Dann herrscht Ruhe und Frieden für immer. Den Hals umdrehen sollte man denen. Übrigens, ich frage mich, ob ich überhaupt jemanden töten könnte. Kann man so etwas ausprobieren, üben?

Hannes klappte das Buch zu und legte es an seinen Platz. Und noch etwas war sicher: Die bösen Träume würden heute Nacht keine Macht über ihn haben. Er spürte, dass sich ein Pfad, wenn auch noch kaum sichtbar, durch den wirren Dschungel seines Lebens auftat.

Morgen könnte er mitreden, wenn Fritz wieder vom „Krieg der Sterne" anfinge, morgen würde er wissen, was ein Jedi-Ritter war und wer Darth Vader, morgen würde er mit Fritz einen Plan entwickeln gegen die Sith seiner Klasse, die sich dann warm anziehen müssten. Mit seinem Freund Fritz in den Krieg. Das war doch mal was.

Gedankenverloren schaute Hannes auf den Käfig von Jussi. Unter dem Tuch war kein Laut zu hören. Entschlossen griff Hannes darunter und öffnete die Käfigtür.

Frau Friedmann ließ die Zeitung sinken. Draußen war es dunkel geworden. Wind war aufgekommen und rüttelte an den Fenstern. Kaum konnte sie sich auf das Gelesene konzentrieren, Buchstaben blieben Buchstaben, Wörter nur Wörter ohne Sinn. Nur der neuerliche Bericht über gewalttätige Jugendliche weckte ihre Aufmerksamkeit. Solche Artikel gab es mehrmals die Woche. Ältere Schüler bedrohten und beraubten jüngere, überfielen junge Mädchen und ältere Frauen. Frau Friedmann konnte nur den

Kopf schütteln. Wenn Hannes das Opfer solcher Halbwüchsigen würde? Sie mochte es sich wirklich nicht vorstellen.

Als Mutter machte sie sich Sorgen um ihren Sohn. Er entzog sich ihr, wollte nicht mit ihr reden. Sie wusste überhaupt nicht mehr, was ihn so beschäftigte. Viele Heranwachsende waren in der Pubertät sehr verschlossen, das hatte sie gelesen, damit musste sie sich wohl abfinden. Dass er seit einigen Tagen nachmittags stundenlang im Internet surfte, empfand sie als äußerst ungewöhnlich, normalerweise interessierte es ihn überhaupt nicht. Was er wohl suchte? Seinem Vater hätte er wahrscheinlich davon erzählt, sie war eben nur die Mutter. Wieder einmal empfand sie es als drückende Last und äußerst ungerecht, dass das ganze Erziehungsgeschäft auf ihren Schultern lag. Gerade eben hatte sie mit Thomas, ihrem Mann, gesprochen, ihm ihre Sorgen mit Hannes geschildert; doch irgendwie hatte sie das Gefühl, dass ihn das nicht wirklich interessierte, dass er an ganz andere Dinge dachte, die sie sich lieber nicht vorstellte, dass er ihr die Botschaft vermittelte: Das sind deine Probleme, kümmere du dich selber darum.

Um ihren Mund erschien ein bitterer Zug. Wieder einmal hatte sie das Gefühl, dass das Leben an ihr vorbei lief. Sie war doch erst vierzig, eine hübsche, schlanke und gepflegte Frau, und hatte sich manches anders vorgestellt. Ihre Ansprüche an eine kulturelle Umgebung und gehobene Unterhaltung wurden an diesem Wohnort keineswegs befriedigt. Sehnlich wünschte sie den Tag herbei, an dem ihr Sohn die Realschule abschloss, sie nach Wien ziehen würden und Hannes auf eine Schule gehen könnte, die seinem besonderen Wesen gerecht wurde. Das war für sie beschlossene Sache. Dort würde alles besser werden. Hannes' Großeltern lebten in Wien und zahlreiche andere Verwandte und Bekannte. Sie wären nicht mehr so allein. Außerdem war ihr Schwager Psychologe und würde sich ihres Sohnes professionell annehmen. Wer weiß, vielleicht konnte sie sogar in ihren Beruf zurückkehren und wieder als Bibliothekarin arbeiten. Ja, Wien, da würde alles besser werden.

Gleich morgen würde sie Frau Kampmann anrufen und um einen Termin bitten. Die Lehrerin war eine vernünftige Frau, mit der sie schon oft geredet hatte; vielleicht wusste sie, was Hannes so belastete; sie könnte ihr sicher einen Rat geben, einen besseren als die Empfehlung eines Kampfsportvereins.

Der Wind hatte nachgelassen und einem sanften Regen Platz gemacht. Frau Friedmann legte die Zeitung zusammen und ging ins Bett.

Als Hannes am nächsten Morgen die Wohnung verlassen hatte, um zum Bus zu gehen, schaute Frau Friedmann ihrem Sohn hinterher. Auch heute Morgen wirkte er abwesend, antwortete nur mit einem geknurrten „Ja" oder „Nein". Was ging bloß in seinem Kopf vor? Frau Friedmann wusste es nicht. Seufzend machte sie sich daran, die anstehenden Hausarbeiten zu erledigen. Als sie die Tür zu Hannes' Zimmer öffnete, stutzte sie. Noch nie hatte Hannes vergessen, Jussi vor der Schule zu versorgen. Sie zog das Tuch vom Käfig - und stieß einen gellenden Schrei aus.

8

„Hallo miteinander. Ich hoffe, bald hat auch der Letzte seinen Platz gefunden, jetzt kommt mal zur Ruhe. Die Stunde hat bereits begonnen."
Nur langsam ließ das Scharren der Füße nach, ebbte das Gemurmel ab,
wandten sich alle Blicke Lehrer Arno Schütt zu. Wenn der Wechsel in die
Zeichensäle nach der großen Pause stattfand, dauerte es immer besonders
lange, bis jeder Schüler auf einem Stuhl saß, bis das Material aus Schränken und Regalen auf die Tische gebracht und geordnet war; ganz zu
schweigen von vergessenen Zeichenblöcken und fehlenden Stiften. Endlich konnte der Unterricht beginnen.
„So, Herrschaften, bevor wir mit unserem neuen Thema anfangen, habe
ich etwas zu besprechen. Ihr wisst ja, dass wir mit der Theatergruppe ein
neues Stück zu Weihnachten aufführen. Dazu brauchen wir wieder neue
Kulissen und Leute, die sie malen und aufstellen. Einige von euch haben
das ja schon öfters gemacht …"
Soraya hörte schon nicht mehr zu. Das Kinn in die Hand gestützt, den El-
lenbogen auf den Tisch betrachtete sie Arno Schütt.
Gut sieht er mal wieder aus, dachte sie und taxierte den jungen Lehrer am
Pult. Wenn nur die Hälfte der anderen Lehrer halb so gepflegt auftreten
würde wie er! Aber nein, viele kamen in Sorayas Augen recht lässig daher.
Ihr Vater verließ jeden Morgen mit Anzug und Krawatte die Wohnung, das
würde ihr auch bei den Lehrern gefallen. Erst im Anzug machten Männer
doch etwas her, fand Soraya. In ihren Augen stellte Herr Schütt aber auch
ohne Krawatte alle anderen Lehrer in den Schatten. Heute hatte er einen
blauen Auftritt: Der blaue Pulli passte super zu seinen blauen Augen, die
blaue Hose saß knackig. Kaum konnte sie sich darauf konzentrieren, was
er da vorne erzählte. Hätte sie bloß ihren neuen blauen Pullover angezogen, der ihr so gut stand! Partnerlook sozusagen. Soraya musste lächeln.
Doch dann sagte sie sich: Bloß nicht. Todsicher hätte eines der anderen
Mädchen das bemerkt und eine volle Kanne an Gehässigkeit ausgegos-

sen! Kulissen malen? Nichts für sie, obwohl Kunst zu ihren besten Schulfächern gehörte und zeichnen zu ihren liebsten Freizeitaktivitäten. Aber Kulissen malen war eben keine Kunst. Verächtlich zog sie die Mundwinkel herunter.

Ein anderes Hobby Sorayas war tanzen. In Russland war sie in einem Turnierteam gewesen, hatte viel trainiert und mit ihrem Partner einige Erfolge eingefahren. Aber jetzt? Sie wohnte mit ihrer Familie auf einem nahen Dorf, aber doch fernab von Tanzclubs und Turnieren, abgesehen davon, dass sie hier in Deutschland keinen Partner hatte und wohl auch nie einen finden würde. Alle ihre schönen Turnierkleider waren in Russland geblieben. Das rote mit den Pailletten am Ausschnitt und rotem Schal hätte sie so gern mitgenommen, aber ihr Vater war unerbittlich. Nur die roten Schuhe hatte sie ohne Wissen der Eltern in ihren Koffer geschmuggelt, dafür zwei Pullover im Schrank gelassen.

Ob der Schütt tanzen konnte? Die Figur dazu hätte er, in einem Frack müsste er super aussehen, aber vielleicht hatte er zwei linke Füße. Sie stellte sich vor, in einem Ballsaal mit ihm übers Parkett zu schweben. Und alle neidischen Weiber müssten zusehen.

„He, was seufzt du denn so, is was?"

Erschrocken fuhr Soraya zusammen und starrte in Emmas neugierige Augen.

„Nein, gut alles."

Emma rollte mit den Augen und wandte sich wieder ab. Nach einer Weile drehte Soraya den Kopf vorsichtig nach rechts.

Sieh mal an, die Anna Skedic frisst den Schütt ja förmlich mit den irre geschminkten Augen, sieht aus wie bei einer Drogensüchtigen. Den Kopf in die rechte Handfläche gestützt, plinkert sie ihn ständig an. Sie glaubt wohl, das sähe keiner, aber ich schon. Der Schütt tut jedenfalls so, als ob er davon nichts mitkriegt, muss er ja auch. Die Frau ist ja so was von peinlich! Hält sich für die Schönste in der Klasse, nur Makeup, Marken und Mode im Kopf und dazwischen Hohlräume mit Stroh.

Soraya schaute unauffällig zur anderen Seite.

Hab ich mir' s doch gedacht, mit Valeria ist es kein bisschen anders. Die sitzt kerzengerade auf dem Stuhl mit zurückgenommenen Schultern, damit der Schütt ihren engen rosa Pullover mit dem, was darinnen steckt, gebührend zur Kenntnis nimmt. Viel im Pullover, aber nichts in der Birne, aber da ist sie nicht die Einzige. Eins muss man ihr ja lassen, die langen, blonden Haare sind ein Traum, wie seidig die immer glänzen! Womit sie die wohl wäscht? Ständig hat sie neue Klamotten an, und nicht die billigsten. Im Gegenteil, teure Marken trägt sie, dazu Ohrringe, Halsketten jede Menge und als Krönung eine Nobelmarken-Uhr. Wo sie bloß das Geld her hat? Dass sie ihre Busenfreundinnen jeden Mittag ins Eiscafé einlädt, weiß jede. Ich gehöre jedenfalls nicht dazu, will ich auch gar nicht. Denn eins ist schon mal klar: Wenn sich der schöne Arno für jemanden interessiert, dann für mich. Das spürt man doch. Auch wenn ich keine Markenklamotten trage, weil meine Familie kein Geld dafür hat.

Emma scheint das alles nichts anzugehen, weder der gut aussehende Lehrer noch die Kulissenmalerei. Unter der Bank hat sie ein Buch aufgeschlagen und liest, wie immer. Ob der Schütt das merkt?

„Nachdem das geklärt ist – Emma, leg jetzt dein Buch weg -, wollen wir uns dem neuen Thema zuwenden. Es geht in den folgenden Wochen darum, berühmte Gebäude der Welt zu zeichnen, perspektivisch richtig. Wir haben uns mit den Problemen und Techniken des perspektivischen Zeichnens ja lange genug beschäftigt. Schwarzweiß Technik, Schattierungen. Großer Zeichenblock, mehrere Bleistifte. Fragen dazu? Emma, Buch weg, nochmal sag ich' s nicht."

Widerwillig klappte Emma ihr Buch zu und schob es unter den aufmerksamen Blicken des Lehrers in den Rucksack. Herr Schütt beobachtete, dass die russischen Schülerinnen die Köpfe zusammen steckten.

„Kriegen wir irgendwelche Vorlagen? Ich kann das nicht so aus dem Kopf. Solche Dinger kenn ich überhaupt nicht."

Einige Jungen schauten den Lehrer ratlos an.

„Erstens sind berühmte Gebäude keine Dinger. Zweitens bekommt ihr natürlich Vorlagen. Ich habe einige Bücher mitgebracht und auch zahlreiche

Vergrößerungen von Fotos, die ich in den Ferien auf Reisen gemacht habe, da könnt ihr euch etwas aussuchen."

„Die Lehrer haben' s ja dicke, die können solche Reisen machen."

Emma wieder. Doch da nur wenige Mitschüler in ihrer direkten Umgebung ihre Bemerkung mitbekommen hatten und nicht darauf reagierten, - schließlich war man solche Bemerkungen, passend oder unpassend, von Emma gewöhnt, - beschloss Herr Schütt, nicht darauf einzugehen.

„ Am besten, ihr bildet Gruppen zum Ansehen und Aussuchen, so viele Bücher habe ich nun auch wieder nicht."

Herr Schütt wusste, dass es für die nächsten Minuten mit der Ruhe erst einmal vorbei sein würde, bis Gruppen gebildet und Bücher und Bilder verteilt waren. So blieb er vorne stehen, schaute der Unruhe zu und wartete, wohl wissend, dass sich diese schneller legen würde, wenn die Schüler sich beobachtet fühlten. So war es auch.

„Herr Schütt, kommen Sie mal bitte?"

Das waren Svetlana, Anna, Mascha, Katharina und Russja, die sich mal wieder um einen Tisch zusammengerottet hatten.

„Was gibt's?"

„Waren Sie schon mal in Moskau, Herr Schütt?", fragte Anna.

Die anderen vier sahen ihn erwartungsvoll an.

„Nein, leider nicht."

„Da müssen Sie unbedingt hinfahren. Moskau ist so schön und hat viele interessante Gebäude."

Sehnsucht schwang in Svetlanas Stimme, das spürte Schütt deutlich, Sehnsucht mit der unterschwelligen Botschaft, dass sie ihre Heimat niemals vergessen würde. Ihre Augen glänzten. Die anderen vier nickten heftig. Heimweh kannten sie alle.

„Wir haben uns gedacht, dass jede von uns eine der bekanntesten Sehenswürdigkeiten in Moskau zeichnet und dass wir die Bilder dann zusammen aufhängen", schlug Katharina vor. „Also zum Beispiel Basilius-Kathedrale, Kreml, Lomonosov-Universität, Christ-Erlöser-Kirche, Church of St. Nicholas. Zu diesen Gebäuden können wir auch eigene Bücher mit Bildern von zu Hause mitbringen."

Herr Schütt nickte zustimmend.

„Ja klar, macht das, ist eine gute Idee."

Inzwischen hatte jeder Schüler sein Motiv gefunden und mit der Arbeit begonnen. Herr Schütt ging langsam von Tisch zu Tisch, ließ sich das ausgewählte Motiv erklären und gab Ratschläge für die Gestaltung.

Soraya saß mit Tina, Kemal und Levent an einem Tisch. Tina hatte eine Abbildung der Blauen Moschee von Istanbul vor sich liegen und ließ sich die Einzelheiten von Levent beschreiben, der in den Sommerferien seine Großeltern in Istanbul besucht hatte. Herr Schütt blieb auf seiner Wanderung neben Tina stehen und hörte Levent zu.

„Gut machst du das, Levent, alles genau richtig", lobte er ihn.

Der Junge lächelte vor Freude. Soraya klopfte das Herz bis zum Hals, als der Lehrer neben ihr stehenblieb. Hitze stieg in ihre Wangen, sie schwitzte.

Gott, bin ich ein dummes Huhn, hoffentlich merkt er nichts. Anfängerin, schalt sie sich selbst. Mit großen, braunen Augen schaute sie zu ihm auf.

„Ich will zeichnen große Kirche von Rom", sagte sie so leise, dass er sich ein Stück weiter zu ihr herabbeugen musste, um sie zu verstehen. Aus ihren Haaren stieg ein zarter Duft in seine Nase und verwirrte ihn. Ein hübsches Mädchen, dachte er, mit ihren dunklen Augen, den langen, braunen Haaren, die ein Gesicht mit zarter, heller Haut umrahmten; dabei so begabt und bescheiden. Dass Soraya eine talentierte Zeichnerin war, hatte er gleich gemerkt, als sie neu in die Klasse kam, auch aus Russland, aber mit weit schlechteren Deutschkenntnissen als die anderen fünf. So durfte sie mit Erlaubnis der Schulleitung ihr Wörterbuch im Unterricht benutzen, es lag stets vor ihr auf dem Tisch. Sie machte schnelle Fortschritte in der deutschen Sprache.

„Warst du schon mal in Rom?"

Soraya schlug die Augen nieder und schüttelte den Kopf.

„Nein, wir kein Geld haben für große Reise."

Ich Esel, fällt mir nichts anderes zu reden ein? Es war im Kollegium bekannt, dass drei weitere Kinder zur Familie gehörten, dass Soraya die Älteste war und dass die Familie Frenkowitz Sozialhilfe und weitere Leistungen von der Stadt bezog. Sehr taktvoll, Arno Schütt, mach nur weiter so. Er vollzog eine Kehrtwendung.

„Wenn du erst einmal einen Beruf hast und Geld verdienst, kannst du dir noch viel mehr Reisen leisten."

Sie antwortete nicht, Arno Schütt ging weiter zum nächsten Tisch. Längst hatte er bemerkt, dass einige Mädchen tuschelten und mit Argusaugen überwachten, wie lange er neben einer Schülerin stehenblieb und mit ihr redete. Ob sie unter der Bank eine Stoppuhr hatten? Er musste sich in Acht nehmen, denn Eifersucht zwischen pubertierenden Mädchen konnte schlimme Formen annehmen, das wusste jeder Lehrer.

Es klingelte. Die Schüler standen auf und packten ihre Zeichenutensilien zusammen. Geistesabwesend legte Soraya ihre Sachen in den Rucksack und klemmte sich den großen Zeichenblock unter den Arm; sie fragte sich zum hundertsten Mal, warum sie so emotional auf den Junglehrer reagierte. War sie etwa verliebt?

„Soraya, hast du bitte einen Moment Zeit?"

Sie schrak zusammen, weil er so plötzlich hinter ihr stand. Ruckartig drehte sie sich um und sah fragend zu ihm hoch. Wieder fing ihr Herz heftig zu klopfen an und jagte Röte in ihre Wangen.

„Würdest du mir übermorgen Nachmittag, also am Donnerstag, helfen, Bilder aufzuhängen für die kommende Ausstellung der fünften und sechsten Klassen; die Schüler sind zwar auch mit von der Partie, müssen aber angeleitet werden, und ich kann nicht überall sein."

„Ja, ich machen, mache. Übermorgen ist Zeit. Wann?"

„Sechzehn Uhr wäre gut."

Soraya nickte zustimmend, verließ den Zeichensaal und stieß vor der Tür fast mit Emma zusammen. Es sah so aus, als ob diese auf sie gewartet hätte. Nebeneinander liefen sie aus dem Schulgebäude. Der Schulhof lag verlassen da, nur vereinzelt saß hier und da ein wartender Schüler auf einer Bank, mit seinem Handy beschäftigt. Die beiden Mädchen schlenderten Richtung Straße. Soraya sah Emma fragend an.

„Was du hier noch machen?"

„Ich hab auf dich gewartet. Was will der Schütt denn von dir?"

Ohne Umwege ging Emma auf ihr Ziel los. Wie immer.

„Du sehr neugierig, geht dich nichts an, aber o.k. Ich werde Bilder aufhängen."

„Soso, Bilder aufhängen, klar. Ich hab mal ne Frage: Hab so den Eindruck, dass der Schütt hin und wieder ne leichte Fahne hat, heute zum Beispiel auch. Hast du das auch gemerkt? Ich meine, wo er dir doch so nahe gekommen ist."

Soraya sah Emma erstaunt an.

„Wie du das meinst?"

„Bloß so."

„Eine Fahne? Alkohol?"

„Bingo."

„Also nein, ich das nicht glauben."

„Ich schon. Der ist auch nicht anders als all die anderen. Die tun doch in der Stunde nichts anderes, als den Mädchen in den Ausschnitt zu starren. Lehrer sind auch nur Männer, und die denken bekanntlich nur mit dem Schwanz. Also tschau, bis morgen. Muss zur Arbeit."

Soraya starrte Emma entsetzt an. Die schreckte aber auch vor nichts zurück.

„Wie du reden von Lehrern."

„Ist mir doch egal."

Soraya wechselte das Thema.

„Wieso Arbeit? Was du tun?"

„Werbeblättchen austragen, Taschengeld verdienen. Keine Zeit zum Abschimmeln. Tschau."

Emma wandte sich nach links und verschwand hinter der nächsten Ecke, ohne sich noch einmal umzusehen.

Eine Gruppe Jugendlicher stand auf der gegenüberliegenden Straßenseite, auch einige aus ihrer Klasse waren darunter. So wie die die Köpfe zusammensteckten, tippte Soraya auf E-Zigaretten, die waren zurzeit der große Hit in ihrer Klasse. Auch wenn die Lehrer vor ihrem giftigen Gemisch warnten, unter Schülern galten sie als ungefährlich und wurden reichlich konsumiert. Soraya schüttelte den Kopf über so viel Leichtsinn.

Nie würde sie rauchen, auch keine normalen Zigaretten, denn sie schadeten nicht nur der Gesundheit, sondern auch der Haut und damit ihrem Job. Ihr gutes Aussehen war ihr Kapital, dessen war sie sich bewusst.

Sie machte sich auf den Weg zur Bushaltestelle, warf dabei einen Blick auf die Armbanduhr. Noch zehn Minuten, bis der Bus kam. Sie setzte sich auf eine Bank, kramte ihr Handy hervor und wählte.

„Hallo, Frau Schnaufer, Soraya Frenkowitz. Wir einen Termin haben am Donnerstag für neue Aufnahmen. Jetzt ich nicht kann wegen Schule. Wir machen Freitag? Ja? Vielen Dank. Auf Wiederhören."

Erleichtert steckte Soraya das Handy in die Tasche. Noch wusste niemand in der Schule, dass sie in ihrer Freizeit als Wäsche-Model arbeitete. Es durfte auch keiner wissen, auf gar keinen Fall. Besonders ihre Eltern nicht. Diese „Schande" würden sie nicht überleben. Durch Zufall war sie an eine entsprechende Adresse mit Telefonnummer geraten. Man hatte ihr versprochen, dass die Werbefotos ganz woanders, hoch im Norden Deutschlands erscheinen, ihre Mitschüler davon also nichts mitbekommen würden. Aber ob sie das glauben sollte? Für die Aufnahmen bekam sie sehr viel Geld. Das zählte. So war sie der Versuchung erlegen, denn das Taschengeld, das die Eltern ihr geben konnten, tendierte gegen Null. Ihr Risiko, Opfer übler Nachrede zu werden, war dagegen groß. Sie wusste es. Auf der anderen Seite fand sie auch, dass ein Leben ohne Geld kein richtiges war.

Ohne Liebe auch nicht. Arno Schütt. Wie sollte es weitergehen? Würde es überhaupt weitergehen? Emma verachtete Tratschweiber und würde beim Klatsch wahrscheinlich nicht mitmachen; aber die anderen, die Neidischen und Erfolglosen, würden mit Wonne auf Sorayas Ruf herumtrampeln. Sie wusste das, und doch …

Der Bus kam mit Schwung um die Kurve. Soraya stand auf.

9

Dröhnende Bässe hämmern im Kopf, halten Straßengeräusche fern, die hier drinnen unerwünscht sind und versuchen, zu ihm vorzudringen. Er hat die Vorhänge zugezogen, so dass nur gedämpftes Licht um ihn ist, zuckend zerlegt von dem, was er Musik nennt. Der dumpfe Rhythmus vibriert in Nerven und Fingerspitzen, auch die Füße zucken wie aufgezogenes Uhrwerk. Die Zimmertür ist abgeschlossen. Allein sein. Nachdenken.
Frank Reichert lag auf seinem Bett in einem Knäuel von Bettzeug, das Kissen hatte er sich unter den Kopf gestopft. Bettenmachen ätzte ihn schon lange an. Überflüssige Mühe. Wozu auch, am nächsten Morgen war wieder alles zerwühlt. Hin und wieder wurde seiner Mutter das Chaos zu viel, dann strich sie die Bettdecke glatt, schüttelte das Kopfkissen auf und drapierte Tagesdecke und Kissen darauf. Doch diese Ordnung hielt nur wenige Stunden an, so lange, bis Frank aus der Schule kam. Er hasste Ordnung. Weil die anderen Ordnung liebten.
Seine Mutter zum Beispiel, Maria Reichert, fünfundvierzig Jahre alt, sehr schlank, mit blassem, ungeschminktem Gesicht. Die dunkelblonden, glatten Haare band sie meistens im Nacken zusammen, damit sie bei der Arbeit nicht hinderlich waren. Jeden Nachmittag schuftete sie bis in die Abendstunden im Supermarkt am Ende der Straße.
In den ersten Jahren, als Frank noch ein Kind war, tauchte er dort nach der Schule regelmäßig auf, bevor er nach Hause ging, um für sich und seine Schwester das Essen warm zu machen. Seine Mutter gab ihm dann die Lebensmittel für die Familie mit. Und eine Süßigkeit als Belohnung fürs Tragen fiel immer für ihn ab. Die anderen Verkäuferinnen tätschelten dem niedlichen, braven Jungen den Kopf. Doch das war eine Ewigkeit her, die Zeit des braven, kleinen Jungen vorbei. Jetzt war er Frank, der Chef, der Leader, dem die einen gehorchten und vor dem die anderen Angst hatten; groß und kräftig war er geworden, mit breiten Schultern und einem blassen Gesicht mit unreiner Haut. Auf sein Äußeres legte er keinen Wert.

Seine Jeans trug er so lange, bis die Mutter ihm die schmutzige wegnahm und eine saubere hinlegte. Die Hauptsache, er war der Chef, ob mit saube-ren oder dreckigen Hosen.

Die plötzlich eintretende Stille tat fast weh. Die Musik war zu Ende. Stra-ßengeräusche drangen herein und Monis Rufen, das sich fast schon wie Wimmern oder Weinen anhörte. Moni war Franks zwei Jahre jüngere Schwester, die nach ihm rief. Sie war sehr krank, litt an Muskelschwund, konnte die Schule nur noch eingeschränkt besuchen, wegen ihrer schwa-chen Arme und Beine kaum noch am Sportunterricht teilnehmen. An manchen Tagen machten ihr erhebliche Gehstörungen zu schaffen; da war es gut, dass sie im Parterre wohnten.

Moni war ein hübsches Mädchen mit gleichmäßigen, feinen Gesichtszü-gen und klaren, blauen Augen. Das Lernen fiel ihr leicht, ganz im Gegen-satz zu Frank. Die Beziehung der Geschwister erleichterte ihre Begabung gewiss nicht. Moni liebte Bücher, Frank Musik; was er so unter Musik verstand. Wenn es Moni nicht gut ging, wenn sie kaum gehen konnte, musste er ihr etwas zu trinken und zu essen aus der Küche holen. Sein ewig mürrisches Gesicht gab es umsonst dazu; doch sie übersah es groß-zügig.

Jeden Dienstag fuhren Mutter und Tochter mit dem Bus zur Therapie in die Innenstadt. An den Nachmittagen, an denen er keine Schule hatte, musste Frank sich um seine Schwester kümmern, bis die Mutter nach Hause kam. Immer er, der Vater war natürlich nie da.

Dabei war Ernst Reichert seit einem Jahr arbeitslos, der Job als Fernfahrer war ihm gekündigt worden, von heute auf morgen. Wenn er auf großer Fahrt gewesen war, blieb er tagelang unsichtbar, die Mutter führte mit den zwei Kindern ein armes, aber doch ruhiges Leben. Die paar Tage, die er zwischendurch zu Hause war, spielte er den Herrn im Hause; die Familie richtete sich darauf ein; als Ernährer war er ein notwendiges Übel, zumal er sich um seinen Sohn und die kranke Tochter so gut wie gar nicht küm-merte. Seit der Kündigung verbrachte er die Tage in irgendeiner Kneipe mit seinen Kumpels, am Fluss beim Angeln, beim Herumstreifen durch die Stadt, bei Spielen der heimischen Fußballmannschaft im Stadion. Auf den Gedanken, seinen Sohn mitzunehmen, kam er nie; auf den nahe liegenden, sich mit seiner kranken Tochter zu befassen, erst recht nicht. Frank verachtete seinen Vater. In seinen Augen war der ein Looser, so einer wollte er nie werden. Er würde alles ganz anders und viel besser machen.

Moni rief. Frank wälzte sich stöhnend und fluchend aus seinem Bett, ging hinüber zum Zimmer seiner Schwester und öffnete die Tür. Moni saß am Schreibtisch und machte Hausaufgaben. Ihre Beine zitterten, und sie rieb sich die Hände. Frank wusste Bescheid. Er eilte in die Küche, holte ein Glas Wasser und Tabletten, stellte beides auf ihren Tisch, verließ wortlos das Zimmer und knallte die Tür zu. Er war doch kein Babysitter.

Ein Schlüssel drehte sich im Schloss der Wohnungstür, die Mutter kam nach Hause.

„Frank, komm mal!"

So war es immer. Kaum hatte sie die Tür geöffnet, rief sie schon nach ihm. Mürrisch ging er in die Küche, wo sie Lebensmittel auspackte und die Pfanne auf den Herd stellte. Sie sah ganz grau aus im Gesicht vor lauter Erschöpfung, in den Augen las Frank Mutlosigkeit. Hoffentlich war sie nicht wieder auf dem Weg in eine dicke Depression, dachte Frank, was in Abständen der Fall war. Dann halfen ihr nur starke Medikamente, ohne die sie sich kaum durch die Wohnung schleppen konnte.

Nicht, dass seine Mutter ihm nicht Leid täte. Trotz aller äußerlichen Coolness war ihm bewusst, dass sie sich für ihre Kinder aufopferte. Manchmal malte er sich aus, wie es wäre, wenn er erwachsen und reich wäre, seine Mutter mit Geld unterstützen und ihr eine Putzfrau bezahlen könnte. Ja, das würde er bestimmt tun. Wenn er bloß erst die blöde Schule hinter sich hätte, ja dann …Er räumte die Lebensmittel in den Küchenschrank und deckte den Tisch, während die Mutter sich um Moni kümmerte und sie zum Essen holte.

Gott sei Dank war der Vater nicht da. Moni unterhielt sich mit der Mutter, während Frank schweigend Unmengen von Bratkartoffeln, in deren Mitte ein Spiegelei thronte, in sich hinein schaufelte. Die Bratkartoffeln seiner Mutter waren das beste Essen, das er sich vorstellen konnte. Allein schon der Duft! Im Gegensatz zu ihm redete Moni gern von der Schule. Auch wenn sie es dort nicht leicht hatte, erzählte sie jede Einzelheit ihres Vormittags, schimpfte über Lehrer und schwärmte von ihren Freundinnen. Manchmal auch umgekehrt.

„Ich geh noch mal weg."

Frank stieß Teller und Stuhl abrupt zurück und stand auf. Frau Reichert schaute ihren Sohn erschrocken an.

„Wo gehst du hin?"

Immer diese Fragerei, die er Scheiße fand. Ging es sie etwas an, wo er hinging?

„Ich geh noch arbeiten in der Lagerhalle von Hofmann, weißt du doch."

Er nahm die Jacke vom Haken und schlug die Tür hinter sich zu. Frische Luft. Er atmete tief ein und verdrängte, dass er seine Mutter wieder einmal schamlos belogen hatte.

Lautlos schlich die Dämmerung in die Straßen, einige Straßenlaternen waren schon an und verstreuten diffuses Licht, hier und da strahlte heller Lampenschein durch die Fenster der Wohnhäuser. Frank machte sich auf den Weg in die Innenstadt, in sein zweites Leben.

Nie und nimmer konnte er seiner Mutter erzählen, was er wirklich vorhatte, es würde sie endgültig in Depressionen treiben. Vieles konnte er ihr nicht erzählen, nichts von seinen Problemen mit Lehrern und Mitschülern, nichts von seinen Freunden. Deshalb lag er mittags auf seinem Bett, deshalb stellte er die Musik so laut, dass sie seinen Körper durchrüttelte und den Kopf betäubte. Deshalb biss er vor Wut und Verzweiflung ins Kopfkissen, bis ihm die Zähne weh taten; deshalb schlug er mit dem Kopf gegen die Wand, als wollte er sie durchbrechen. Die Beule an seiner Stirn schmerzte immer noch. Deshalb dachte er oft daran, dieses in seinen Augen beschissene Leben zu beenden. Aller Aufruhr mündete in die Frage: Warum hilft mir keiner? Keine Antwort. Nie. Von niemandem.

Seine Mutter sah meistens so aus, als ob sie nicht für mehr Kraft hätte, als für die Versorgung von Kindern und Haushalt. Nur wenn sie zur Klassenlehrerin oder zum Schulleiter einbestellt wurde, erfuhr sie vom Verhalten ihres Sohnes und den nicht vorhandenen Leistungen. Wenn sie dann nach

Hause kam, erschienen ihm die Falten in ihrem Gesicht noch tiefer gefurcht, die Augen hoffnungsloser, die Stimme müder. Doch sie sagte nichts, ging in die Küche und machte den Abwasch. Auch Frank schwieg. Und hasste sich dafür.

Die Lichter vor ihm wurden zahlreicher und bunter, je mehr er sich der Altstadt und seinem Ziel näherte. Frank fröstelte und ging ein bisschen schneller.

Dabei meint Mutter es wirklich gut mit mir, spann Frank seine Gedanken weiter, und ich bin immer so ein richtiger Kotzbrocken. Auch meiner Schwester gegenüber, die nun wirklich genug Probleme an der Backe hat. Aber irgendwie kann ich einfach nicht anders; oft kann ich mich selber nicht ausstehen, weil ich so ein Stinkstiefel bin.

Auch die Kampmann gibt sich mit mir alle Mühe. Man merkt, dass sie mich nicht aufgegeben hat wie andere Lehrer. Gestern hat sie mich während der großen Pause abgefangen, ich konnte mich nicht mehr wegdrücken, es war zu spät. Zum Glück war es megalaut in der Halle, so dass die Klassenkameraden nichts mitbekamen. Glaub ich jedenfalls.

Sicher kannst du dir denken, was los ist, hat sie gesagt. Ich habe nur mit dem Kopf genickt. War mir sowieso egal, scheißegal. Sie redete schnell weiter: Jeden Tag fallen die Kollegen mit ihren Klagen über mich her. Frank Reichert tut dies, Frank redet das, Frank ist faul und frech.

Klaro, hab ich's doch gewusst.

Sie war aber noch nicht fertig: Glaubst du, mir ist das angenehm? Du bist doch nicht dumm, Frank, was ist nur mit dir los? Aber ich hab nichts gesagt, konnt ich doch nicht.

Dann ging es wieder mal um Hannes. Die Frau hat schon den richtigen Riecher, bei Hannes liegt wirklich mein Problem. Aber welches, davon ahnt sie nichts. Und die anderen Lehrer schon dreimal nicht.

Unter den Klassenkameraden gibt es niemanden, mit dem ich über meine Sache reden kann, ohne dass der Betreffende es herausposaunt, sowohl auf dem Schulhof als auch auf Facebook oder sonst wo. Dann wäre es aus mit mir, so viel ist sicher. Da kann ich mich gleich vom Dach oder in einen Fluss stürzen. Das sind alles Memmen und Arschkriecher, die nur auf ihren Vorteil bedacht sind und den Schwanz einziehen, sobald es brenzlig wird. Nein, mit den Kumpels reden geht gar nicht.

Der süße, zarte Hannes mit den unschuldigen Augen, der zarten Haut, die mich zum Streicheln statt zum Schubsen herausfordert; den ich am liebsten beschützen anstatt beschimpfen möchte; den ich am liebsten anfassen will, überall; während des Unterrichts starre ich auf seinen schmalen Rücken und stelle mir vor, wie ich…

Was soll ich bloß tun? Etwa der Kampmann von meinen Gefühlen beim Anblick von Hannes erzählen, von meiner Erregung, wie's in mir abgeht? Ihr erklären, dass ich mich für Männer interessiere, dass ich schwul bin, dass ich als Strichjunge arbeite? Unmöglich. Es ist und bleibt allein mein Problem.

Ganz sicher bin ich mir zwar nicht, aber ich glaube, der Lehrer Timm ist auch irgendwie schräg unterwegs, vielleicht sogar schwul. So wie der sich gibt, seine ganze Art, da müsste ich mich schon sehr irren, eigentlich kenne ich mich mit den Typen inzwischen ganz gut aus. Ob ich mich mal mit dem unterhalte? Einfach mal vorsichtig vorfühlen, vielleicht …

Ich sollte mich jetzt auf meinen Job konzentrieren, auf meine Kundschaft, die dort in der Bar auf mich wartet. Gutes Geld gibt es heute Abend zu verdienen. Da ist mehr als nur ein neues Smart Phone drin. Und für Mutter und Moni kann ich Geschenke kaufen, als Wiedergutmachung.

Natürlich habe ich längst im Internet nachgelesen über Schwule. Aber das hilft mir kein bisschen weiter. Ein Coming-Out, so heißt der Fachbegriff, das wäre das Richtige. Soll ich mich etwa in der großen Pause auf den Schulhof stellen und sagen: ‚Hört mal her, Leute, ich wollte euch nur sagen, dass ich schwul bin'. Geht gar nicht, überhaupt nicht.

Erwachsen müsste man sein, prominent und finanziell sorgenfrei; solche Leute haben's leicht mit ihrem Coming-Out, denen passiert gar nichts. Die Presse kriegt eine Weile Schnappatmung, aber dann ist das Thema auch durch. Unser Außenminister zum Beispiel lebt mit einem Mann zusammen, oder der Berliner Bürgermeister mit seinem Spruch: Ich bin schwul, und das ist auch gut so. Wenn ich mir vorstelle, ich mach' das genauso

…Aber als kleiner Schüler hast du gar keine Chance, ein Coming-Out zu überleben, hinterher bist du so gut wie tot.

Lehrer Gernot Timm vergewisserte sich, dass die Vorhänge vor dem Schlafzimmerfenster dicht geschlossen waren; das war immer das Erste, was er tat, Vorhänge zuziehen, bevor er mit seinem Montagsritual begann, das immer gleich ablief, seitdem er von Berlin an diese Schule gekommen war. Hier kannte ihn niemand, ganz anders als in Berlin, wo seine Eltern lebten, wo er aufgewachsen war und ein großer Bekanntenkreis an seinem Leben Anteil nehmen wollte. Deshalb war er fortgezogen, um sein Leben leben zu können. Hier fragte ihn keiner, hier musste er seine Lebensweise vor keinem rechtfertigen; er hoffte, dass es möglichst lange so bliebe. Schüler und Schule, Stoff und Stunden waren das Eine, Perücke und Pumps das Andere. Sie hatten nichts miteinander zu tun.
Die Verwandlung konnte beginnen; aus der unscheinbaren Puppe würde ein prächtiger Schmetterling werden.
Mit gerunzelter Stirn stand er im Bademantel vor dem geöffneten Kleiderschrank. Prüfend schob er die Bügel mit den Kleidern auseinander. Sollte er das rote Seidene oder doch lieber das Lilafarbene mit den Rüschen am Ausschnitt nehmen? Vielleicht doch lieber das Rote, Figurbetonte, da konnte er außerdem die schwarze Jacke drüber ziehen, denn draußen war es abends schon recht kühl. Schließlich war er ein vernünftiger Mensch. Er nahm den Bügel heraus und legte das Kleid sorgsam über die Sessellehne, strich zärtlich über den seidig glänzenden Stoff. Die passenden Pumps standen unten im Schrank, die stellte er daneben. Er zog die oberste Schublade des Nachttischchens auf und prüfte den Schmuck darin. Die silberne Kette mit eingearbeiteten Svarovsky-Steinen und die dazu passenden Ohrringe waren noch ganz neu. Ein Traum. Heute würde er den Schmuck zum ersten Mal anlegen.
Gernot wandte sich dem Fach mit der Unterwäsche zu. Natürlich kam nur die rotseidene in Frage, der BH mit den Spitzen, die sich am Slip wiederholten. Er würde verführerisch darin aussehen, das wusste er. Hauchfeine Strümpfe und Strapse legte er daneben, die Beine hatte er sich schon am

Abend zuvor rasiert. Er ließ den Bademantel hinter sich zu Boden gleiten. Langsam stieg er in den roten Slip und zog ihn auf die Hüften, strich mit der Hand zärtlich darüber, während er sich im Spiegel von hinten besah. Perfekt. Er legte den gut gepolsterten Büstenhalter an, schaute wieder in den Spiegel und genoss die kühle Seide unter seinen aufgeregten Fingern. Mit seiner schlanken Figur und den leicht gerundeten Hüften konnte er sich wirklich sehen lassen. Er? Nein, sie.

Gernot liebte das Ankleiden, das war das Wichtigste am Montagabend. Nachdem er die Strapse an den Strümpfen festgemacht hatte, schlüpfte er in die Pumps, schritt leichtfüßig auf und ab mit wiegenden Hüften und bewunderte seinen Gang jedes Mal, wenn er am Spiegel vorbeikam. Wow! Mit jedem weiteren Kleidungsstück, das er anzog, ließ er Gernot ein Stück hinter sich und streifte Gerlinde über. O ja, Gerlinde hatte den Bogen raus, sie war formvollendet. Gernot war zufrieden mit ihr.

Vorsichtig streifte er das Kleid über, zog den Reißverschluss im Rücken hoch, strich es über den Hüften glatt. Dann zog er sorgfältig die Perücke mit den blonden, kinnlangen Haaren über seine Igelfrisur, die er aus praktischen Gründen immer ganz kurz hielt. Neckisch schob er die Locken zurecht, schwang den Kopf hin und her, so dass sie ihn in einer Welle umflossen. Gernot betrachtete sich zufrieden von allen Seiten. Er konnte keinen Makel entdecken. Das Makeup war schnell gerichtet, auch darin hatte er Übung. Zum Schluss versprühte er sein Lieblingsparfüm, reichlich. Der schöne Schmetterling Gerlinde hatte sich entfaltet.

Vorsichtig schob er die Gardine ein Stück zur Seite und warf einen prüfenden Blick auf die Straße, es regnete nicht, auch war weit und breit kein Mensch zu sehen. Ein weiterer Blick auf die Uhr, dann zog Gernot die schwarze Jacke an, griff nach Handtasche und Handschuhen, die er in einem Fach des Flurschrankes aufbewahrte. Wie gut, dass er dafür gesorgt hatte, dienstags erst zur zweiten Stunde anfangen zu müssen, denn es würde spät werden, wie immer am Montagabend. Die Tür fiel ins Schloss.

Mit einem Satz hechtete Frank in eine dunkle Ecke zwischen zwei Hausecken. An diesem Platz befand sich eine Bar neben der anderen. Bunte

Leuchtschriftbänder flimmerten über den Eingangstüren und schickten fahle, farbige Helligkeit über das Pflaster und die Menschen, die dort standen, rauchten, redeten und von den Türstehern beobachtet wurden. Jedes Mal, wenn irgendwo eine Tür aufging, rauschten ein Schwall wummernder Bässe oder die rauchige Stimme eines Sängers über die draußen Stehenden.

Frank schob seinen Kopf vorsichtig aus der Dunkelheit hervor, um die Männer und Frauen auf dem Platz besser sehen zu können. Manchen Türsteher kannte er gut. Auch einige der Männer, die auf Männer warteten, und Frauen, die keine Frauen waren. Frank kannte sich aus. Gelächter stieg in den dunklen Himmel. Die Stimmung vor den Bars war locker, unaufgeregt, erwartungsfroh.

Frank musterte die Frauen genauer. Eine kannte er nicht, sie musste neu in der Szene sein. Er starrte die junge Blonde in der fröhlichen Gruppe an, die ihre Locken neckisch schüttelte und manchmal laut auflachte; diese raue Stimme, irgendwie erinnerte sie ihn an irgendwen. Er kannte sie, wenn er bloß wüsste, …Diese Handbewegung, das Hochziehen der Schultern …Frank legte die Stirn in Falten und dachte konzentriert nach. Wer war sie, die schöne Unbekannte?

Plötzlich überzog ein breites Grinsen sein Gesicht. Sieh mal an! Er hatte sich nicht getäuscht. Das Leben hielt auch für ihn Überraschungen bereit. Frank witterte eine Chance.

Den Typ würde er sich kaufen.

10

Der Gong ertönte, die nächste Unterrichtsstunde begann.
Frau Kampmann eilte durch die Halle Richtung Ethikzimmer, vor dem schon zahlreiche Schüler warteten. Im Ethikunterricht versammelten sich alle diejenigen, die nicht am evangelischen oder katholischen Religionsunterricht teilnahmen. Deshalb standen Kinder unterschiedlichster Konfessionen aus mehreren Parallelklassen vor der Tür. Frau Kampmann schloss auf, die Jugendlichen drängten hinein. Tische und Stühle waren im Kreis aufgestellt, so dass jeder jeden ansehen konnte. Interessiert betrachteten einige das Blatt Papier, das vor jedem Platz auf dem Tisch lag, andere saßen einfach nur so da, innerlich noch vollauf beschäftigt mit den Ereignissen der großen Pause. Frau Kampmann kannte das; es würde noch ein Weilchen dauern, bis sich alle auf den Unterricht konzentrierten. Nach und nach kehrte Ruhe ein, immer mehr Schüler griffen nach dem aufgelegten Blatt.
„Handle so, als ob die Maxime deiner Handlung durch deinen Willen zum allgemeinen Naturgesetz werden sollte."
Tina murmelte den Satz, der auf dem Papier stand, mehrmals vor sich hin. Sie zog die Stirn kraus und versuchte, seinen Sinn zu ergründen. Auch in anderen Gesichtern stand Ratlosigkeit geschrieben.
„Was ist denn eine Maxime?"
„Ich verstehe nur Bahnhof."
„Verdeutscht mir das einer?"
„Kann mich mal jemand aufklären?"
„Die heutige Stunde wird sich hauptsächlich mit diesem Gedanken beschäftigen. Eine Maxime ist ein Grundprinzip, Leitgedanke, eine Leitlinie", erklärte Frau Kampmann. Sie schrieb die Begriffe an die Tafel.
„Setz doch mal eins der Wörter an die Stelle von Maxime, Emma."
„Handle so, als ob der Leitgedanke deiner Handlung durch deinen Willen zum allgemeinen Naturgesetz werden sollte."

„Soll das heißen, dass ich will, dass alle so handeln sollen wie ich?"

„So wie du bestimmt nicht."

„Also wenn jemand denkt, dass er einem andern gleich eine reinschlagen muss, wenn ihm etwas nicht passt, also wenn alle das so machen sollen, dann gibt es doch Mord und Totschlag. Das kann nicht gemeint sein, so kann man doch nicht leben."

„Ich schon."

„Nein, also muss man nur gutes Handeln wollen, dann funktioniert das."

„Wer´s glaubt."

„Der Mann, der sich diesen Satz ausgedacht hat, hieß Immanuel Kant. Er lebte um 1800 in Königsberg, das früher preußisch war, heute aber anders heißt und zu Russland gehört; er war ein bekannter Philosoph. Den Satz, den er aufgestellt hat, nannte er den kategorischen Imperativ."

Wieder schrieb Frau Kampmann an die Tafel.

„Imperativ kennt ihr, Befehlsform. Kategorisch bedeutet ‚Ohne Wenn und Aber". Kant meinte, dass der freie Wille des Menschen ein Wille unter ethischen Gesetzen sei, also ein guter Wille. Das bedeutet in deinem Fall, Martina, dass der Mensch von vorneherein will, dass sich alle so verhalten, dass gutes Zusammenleben funktioniert. Ausnahmen gibt es nicht."

Bald war eine lebhafte Diskussion im Gang. Beispiele aus dem Schulalltag für ethisches und unethisches Verhalten im Sinne Kants wurden in Kleingruppen diskutiert und anschließend von einigen Schülern vorgetragen.

Frau Kampmann liebte die Stunden, in denen sie mit engagierten Schülern diskutieren konnte; allen voran Emma. Fast alle Themen musste sie kommentieren, und Frau Kampmann hatte so manches Mal ihre liebe Mühe, sie in Schach zu halten und daran zu erinnern, dass alle Anwesenden das gleiche Recht auf Mitsprache hatten und es auch wahrnehmen wollten. Hin und wieder kam es vor, dass Schüler Frau Kampmann in die Pause begleiteten und die Diskussion auf dem Flur fortsetzten, besonders wenn es um aktuelle und brisante Themen ging, die im Fernsehen gebracht wurden.

Nie würde sie Nine-Eleven vergessen. Nie den Moment, als sie gerade aus der Schule gekommen war und der Sohn von einer Messe anrief und sie bat, sofort den Fernseher anzustellen; nie den Schock über das, was sich da auf dem Bildschirm zeigte; den brennenden Turm, den Einschlag des zweiten Flugzeugs; nie die in Rauchwolken eingehüllten und rennenden Menschen, die herbeistürzenden Feuerwehrleute; nie die stundenlangen Übertragungen im Fernsehen.

Und dann der Tag danach.

Man konnte nicht zur Tagesordnung übergehen, das war jedem Lehrer bewusst, die Schulleitung äußerte sich vor der ersten Stunde im gleichen Sinne. Alle Kolleginnen und Kollegen sollten auf Schüleräußerungen und –fragen eingehen.

Viele Kinder platzten fast vor Redebedarf. Sie berichteten darüber, was sie im Fernsehen gesehen und ihre Eltern dazu gesagt hatten. Auch Fragen gab es viele. So hohe Wolkenkratzer konnten sich die wenigsten vorstellen.

„Geschieht den Amerikanern ganz recht, so wie die sich in der Welt als Beherrscher und Kriegstreiber aufführen."

Frau Kampmann wusste, dass sie eine solche Meinung gelten lassen musste, auch wenn sie selbst eine ganz andere hatte. Im Fach Ethik galt das ganz besonders. Manchmal war es richtig schwer, nach solch aufrüttelnden Ereignissen zum normalen Unterricht zurückzukehren.

„Ihr wisst ja selbst, dass sich in jeder Klasse einige dicke tun und andere, die sich nicht wehren können, schikanieren und unterdrücken. Es dürfte euch jetzt leichtfallen, solches Verhalten im Sinne Kants zu beurteilen."

Frau Kampmann sah ihre Schüler fragend an. Einen Moment herrschte Stille. Emma beugte sich vor und sah Frau Kampmann an.

„Also, wir sollten da nicht um den heißen Brei herumreden. Das weiß doch jeder, dass Hannes aus unserer Klasse von einigen Wichtigtuern ganz schön getriezt wird, oder?"

Hannes war nicht in dieser Gruppe, sondern im evangelischen Unterricht. Frank, der einen roten Kopf bekommen hatte, sackte in seinem Stuhl etwas zusammen, als ob er sich unsichtbar machen wollte, andere grinsten hämisch in seine Richtung.

„Versuchen wir mal, die Sache ohne Namensnennung zu betrachten", sagte Frau Kampmann rasch. „Hannes ist nicht hier, kann also nichts dazu sagen."

„Das tut er doch nie, der heult ja bloß."

„Also Herrschaften, so geht das nicht. Wir reden nicht über Abwesende, sondern bleiben beim Thema und beurteilen das Verhalten der Quäler und nicht das der Gequälten, jedenfalls nicht jetzt, das machen wir im Klassenunterricht. Was würde Kant zu den gewalttätigen Kameraden sagen? Versucht einmal das darzustellen."

Eine Weile herrschte Stille bis auf leises Flüstern in den Gruppen, was ausdrücklich erwünscht war, wenn es ums Thema ging.

„Wenn jeder jeden anständig behandelt, können sich alle in der Klasse wohlfühlen."

„Statt allgemeinem Naturgesetz könnte man auch allgemeines Klassengesetz sagen."

„Jeder sollte sich in die Haut des anderen hineinversetzen, bevor er handelt."

„Und sich fragen, wie er selbst behandelt werden möchte."

„Richtig. Und über Hannes reden wir nur in unserer Klassengemeinschaft und nur mit ihm zusammen. Den kategorischen Imperativ von Kant kann man in heutiger Ausdrucksweise auf einen einfachen Nenner bringen: Was du nicht willst, dass man dir tu, das füg auch keinem andern zu."

„Warum nicht gleich so."

„So versteht das jeder."

Frau Kampmann ignorierte die Einwürfe. Sie hatte noch ein anderes, verwandtes Thema im Kopf.

„Wenden wir uns, bevor es klingelt, noch einem eng verwandten Thema zu. Es geht ums Internet, genauer, ums Mobbing im Internet, bei Facebook und Co."

Bildete sie es sich ein oder war Valeria bei ihren Worten eine Spur blasser geworden? Und zuckte es nicht verräterisch um Tinas Mund? Schlug Valeria nicht die Augen nieder und schaute angestrengt in ihr Ethikheft? Wahrscheinlich hatten einige schon Erfahrungen mit den sozialen Medien. Wenn sie doch nur in die Gedanken der Mädchen schauen könnte!

Gottseidank kann sie nicht in meinem Kopf lesen, dachte Valeria. Sie würde darin erkennen, dass ich ganz furchtbar Angst davor habe, dass jemand auf Facebook über mich herzieht; dass einer mich zufällig mit fremden Männern in einem Lokal, in einer Bar beim Tanz beobachtet und erkannt hat. Dabei gebe ich mir immer Mühe, mich älter zu schminken und anzuziehen, als ich in Wirklichkeit bin. Nach meinem Alter hat mich noch niemand gefragt. Der Job als Hostess wird gut bezahlt, ich habe so meine Beziehungen und werde angerufen, wenn Wirtschaftsmanager aus fremden Ländern einen netten Abend verbringen und nicht im Hotel sitzen wollen. Bisher bin ich noch nicht in kritische Situationen geraten, aber wie lange noch?

Gottseidank kann Frau Kampmann nicht in meinem Kopf lesen, dachte auch Tina. Sie würde eine riesige Überraschung erleben und ihre brave Spinnen-Tina nicht wiedererkennen. Vor ein paar Wochen hatte sie Martin im Internet kennengelernt. Man hatte Mails ausgetauscht und von gemeinsamen Interessen, der Schule, vom Sport geplaudert. Lange zögerte sie, ein Foto von sich zu schicken, und tat es dann doch. Von da an schwärmte er von ihrer tollen Figur, ihren langen, blonden Haaren und überhaupt …

Er hatte auch ein Bild von sich geschickt. So ein gut aussehender, junger Mann mit warmen, braunen Augen und dichten, dunklen Haaren! Schlank, sportlich und groß schien er zu sein. So wie er aussah, war er einige Jahre älter als sie, aber was machte das schon? Er arbeitete in einer großen Elektrofirma und verdiente gut, wie er schrieb. Doch dann war ihr ein schrecklicher Gedanke gekommen: Wenn das Foto nun jemand anderen zeigte, wer gab ihr die Garantie, dass es wirklich den Martin zeigte, der ihr Mails schrieb? Niemand. Vor einem Treffen schreckte sie zurück. Noch.

Gottseidank kann Frau Kampmann nicht in meinem Kopf lesen, dachte Soraya. Vor nichts habe ich so viel Angst, als dass Fotos von mir als Wäsche-Model im Internet auftauchen; dass ich in der ganzen Schule, ja in der ganzen Stadt durch den Dreck gezogen werde; dass meine Eltern davon erfahren und die Wohnung vor Scham nicht mehr verlassen. Wie sollte unser Leben dann weitergehen?

Aufmerksam sah Frau Kampmann in die Gesichter ihrer Schülerinnen. Sie hatte ins Schwarze getroffen, denn Angst und Unsicherheit waren in flackernden Augen zu lesen. Forschend, fragend schauten die Mädchen sie an. Eins war der Klassenlehrerin klar: Sie musste am Ball bleiben, wahrscheinlich zahlreiche Einzelgespräche führen. Und zwar bald.

Es klingelte zur großen Pause. Die Schüler rafften ihre Sachen zusammen und drängelten in die Halle. Frau Kampmann schloss die Tür ab und ging gedankenverloren über den Flur. Viel Zeit würden die Gespräche in Anspruch nehmen, und das bei dem Korrektur intensiven Fach Deutsch. Aber beklagen durfte sie sich nicht, hatte sie es sich doch selbst ausgesucht. Vor den offensichtlichen Problemen drücken konnte sie sich auch nicht. Sie merkte, dass bei einigen Mädchen dringender Diskussionsbedarf vorhanden war. Neue Kommunikationswege drängten sich mit aller Macht in das Leben der jungen Leute. Die negativen Auswirkungen wurden erst langsam offenbar. Und sie selbst? Sie hatte von alldem so gut wie keine Ahnung. In ihrer Jugend schrieb man Briefe oder telefonierte. Doch Unwissenheit galt nicht als Ausrede. Auch sie würde sich mit Computer und Internet auseinandersetzen müssen.

Frau Kampmann spürte bereits eine gewisse Erschöpfung, dabei war erst große Pause. Drei Jahre noch, würde sie das durchhalten?

Vor dem Stand des Hausmeisters herrschte intensives Gedränge, wie jeden Tag. Der Aufsicht führende Lehrer hatte alle Mühe, Ordnung in das Durcheinander zu bringen. Die Brötchen mit dem Schokokuss darin erfreuten sich immer noch großer Beliebtheit bei den Schülern. Aber nicht mehr lange. Die nächste Lehrerkonferenz würde deren Abschaffung beschließen. So ein ungesundes Essen in der Schule? Das ging gar nicht.

Auf dem Weg zum Lehrerzimmer holte sich Frau Kampmann eine Tasse Kaffee aus der kleinen Küche. Dann fiel die Tür des Lehrerzimmers hinter ihr ins Schloss. Müde ließ sie sich auf ihren Stuhl fallen und hoffte, dass niemand sie ansprechen würde, wenigstens für ein paar Minuten nicht.

Der Redebedarf mancher Kolleginnen und Kollegen in der großen Pause war oft groß. Manchmal ging es um Erfolgserlebnisse in den ersten Stunden, meistens aber um Ärger und Konflikte mit aufsässigen Schülern, auch wenn jeder Lehrer wusste, dass gerade diese ihre häuslichen Probleme mit in die Schule brachten. Es war wohltuend, den Frust herauszulassen, zumal es oft dieselben Schüler waren, die bei Kollegen ähnliche Schwierigkeiten machten. Lehrkräfte, die ein Vertrauensverhältnis verband, nutzten die große Pause auch für Privatgespräche, was ebenfalls gut tat.

Doch Frau Kampmann war froh, wenn sie erst einmal ihre Ruhe hatte. Sie griff nach ihrer Frühstücksbox, dabei fiel ihr Blick auf eine Notiz aus dem Sekretariat; Frau Friedmann hatte angerufen und dringend um Rückruf wegen eines Termins gebeten.

Ach ja, Hannes. Frau Kampmann zog ihren Terminkalender aus der Tasche.

11

„Ich soll euch Grüße von Peter ausrichten."
Viele Augen schauten Frau Kampmann fragend an.
„Leider geht es ihm gar nicht gut. Die Behandlung schlägt nicht so an, wie es nötig wäre. Morgen wird er wieder ins Krankenhaus müssen, mit dem Hausunterricht ist es dann auch erst einmal vorbei. Ich werde sehen, dass ich ihn im Krankenhaus besuchen kann."
„Muss Peter sterben?"
Die Frage schwebte heran wie eine Giftwolke und verharrte über dem Lehrerpult. Wieder diese betretende Stille, die Frau Kampmann inzwischen so gut kannte. Es war schwer für die Jugendlichen, mit der Todesbedrohung eines Kameraden umzugehen. Was sollte sie nur antworten?
„Ich weiß es nicht, wir dürfen die Hoffnung nicht aufgeben."
Ihre Stimme blieb leise, doch laut schwang Unsicherheit zwischen den Worten. Frau Kampmann war sich deren Banalität durchaus bewusst.
„Können wir ihm etwas Gutes tun?"
„Wir könnten doch Briefe schreiben oder Emails oder SMS und von dem erzählen, was hier so los ist."
Zustimmendes Gemurmel aus allen Bankreihen löste die Erstarrung. Frau Kampmann nickte erleichtert.
„Ja, eine gute Idee, macht das; am besten schreibt ihr Briefe, da hat er etwas zum Anschauen in der Hand, ich nehme sie dann mit. Aber nur nette, das ist ja wohl klar. Sagen wir mal, bis in drei Tagen solltet ihr sie geschrieben haben. Einverstanden?"
Einige nickten wieder. Die Lehrerin musste jetzt den Schwenk zum Unterrichtsstoff schaffen, es wurde höchste Zeit.
„Wenden wir uns jetzt der schwarzen Spinne und den Hausaufgaben zu."
Frau Kampmann holte einen Stapel Hefte aus ihrer Tasche und legte ihn auf den Tisch; einige Mädchen warteten gespannt auf die Beurteilung der eigenen Arbeiten, mancher Junge sah vermeintlich konzentriert in die

Lektüre, andere starrten angestrengt auf den Rücken des Vordermanns oder der Vorderfrau. Frau Kampmann kannte ihre Pappenheimer.

„Ich habe mich über zahlreiche gute Arbeiten gefreut. Tina hat sich besondere Mühe gegeben und ihr Heft über fünf Seiten hinweg mit frei laufenden schwarzen Spinnen verziert, oben und unten auf jeder Seite und sogar zwischen den Zeilen. Gottseidank bin ich Spinnen resistent, habe auch keinen Schüttelfrost bekommen. Da das Geschriebene in Ordnung ist, habe ich die außergewöhnliche Verzierung akzeptiert."

Einige Schüler lachten, als Frau Kampmann Tinas Heft hochhielt, andere kicherten oder schnaubten abschätzig über so viel überflüssige Arbeit. Tina lächelte vergnügt.

„Zwei Arbeiten sind mir ganz besonders aufgefallen, weil sie von Schülern stammen, deren besonderes Talent es nicht gerade ist, hervorragende Deutschaufsätze zu schreiben."

Frau Kampmann machte eine bedeutungsvolle Pause. Dass Arne und Thomas sich kurz ansahen, dann knallrote Köpfe bekamen, die sie tief über die Lektüre beugten, entging ihr nicht.

„Ich habe dann mit Kollege Hauser geredet, der sich mit dem Internet gut auskennt. Es ist ihm nicht schwergefallen, die entsprechenden Texte herauszusuchen. Mit anderen Worten: Die beiden Kandidaten haben abgeschrieben und wortwörtlich das gleiche Produkt abgeliefert. Ich muss leider feststellen, dass sie mich für ziemlich dumm halten. Auf jeden Fall ist das ein Betrugsversuch und wird mit einer Sechs bestraft, natürlich für jeden. Mir ist aber auch klar, dass wir lernen müssen, mit entsprechenden Texten im Internet richtig umzugehen, schließlich können sie ein sinnvolles Hilfsmittel sein. Das werden wir demnächst anpacken. Natürlich bekommen die, die gar nichts abgegeben haben, auch eine Sechs. Soviel zu den Hausaufgaben. Wenden wir uns jetzt wieder der Lektüre zu."

Frau Kampmann teilte die Hefte aus, während die Schüler geräuschvoll Papier, Bücher und Stifte bereit legten.

„Wir werden uns nun mit den nächsten Kapiteln, die ihr zu Hause gelesen habt, und einigen Fragen dazu befassen. Die Gruppenzusammensetzung bleibt bestehen."

Frau Kampmann verteilte die Arbeitsanweisungen, jede Gruppe sollte sich eine Aufgabe aussuchen. Der Unterrichtsalltag nahm seinen Lauf. Nach zwanzig Minuten sollte es eine Rückmeldung jeder Gruppe über Lösungen und Schwierigkeiten geben.

„Larissa, geh du bitte für deine Gruppe an die Tafel und schreibe euer Thema an, alle übertragen es in ihre Hefte."

Larissa stand auf und ging nach vorne, nahm sich ein Stück Kreide und wandte sich der Tafel zu. Gekicher und Gelächter, Frau Kampmann erstarrte. Die Hose saß so knapp auf Larissas Hüften, dass der Ansatz der Pospalte von einem „Arschgeweih" nur knapp verdeckt wurde; so nannten Schüler die Tätowierung an dieser delikaten Stelle. Die Lehrerin überlegte nur kurz.

„Larissa, du setzt dich am besten wieder hin, jemand anders wird deine Aufgabe übernehmen, dein Aufzug ist einer ordnungsgemäßen Arbeit abträglich, wie du selber feststellen kannst; er lenkt die Konzentration deiner Mitschüler in eine absolut unerwünschte Richtung. Du kommst nach Stundenende zu mir, wir werden dann gemeinsam überlegen, welche Kleidung für die Schule angebracht ist."

Einige Jungen brachen in Gelächter aus, Larissa schlich mit hochrotem Kopf an ihren Platz. Die knappe Bekleidung der jungen Mädchen, z.B. die bauchfreie Mode, wurde immer wieder zum Problem, nicht nur an dieser Schule. Es kam hin und wieder sogar vor, dass Schülerinnen von der Schulleitung nach Hause geschickt wurden, um sich „anständig" anzuziehen. Freizeit- bzw. Schulkleidung, zwischen beiden einen Unterschied zu machen, war für manche Mädchen nicht einzusehen. Ein paar Tage lang schlachtete die Presse das Kleiderthema gründlich aus, dann kehrte es in die Klassenzimmer zurück und musste dort gelöst werden.

Frau Kampmann erinnerte sich an die Jungen, die sie vor einigen Tagen während einer Stillarbeitsphase in Deutsch zu sich her winkten, um auf die vor ihnen sitzenden, besonders die fülligeren Mädchen zu zeigen. Bei mehr als einer zog sich die Hose nach unten und das Shirt nach oben, so dass den jungmännlichen Augen Fleischwülste dargeboten wurden, die sie offensichtlich nicht sehen wollten. Auch hier gelang es erst mit einigem Nachdruck, Abhilfe zu schaffen.

Es klopfte an der Tür.

„Herein!"

Die Tür ging ein Spalt breit auf, Frau Kampmann hob den Kopf; die Schulsekretärin bedeutete ihr, auf den Flur herauszukommen.

„Bitte macht weiter, ich bin gleich wieder da."

Frau Sattler sah ihr ziemlich unglücklich entgegen.

„Frau Kampmann, Frau Bauer hat eben angerufen, ihr Mann ist heute Morgen verstorben. Herr Ossowsky hat mich gebeten, es Ihnen zu sagen, damit Sie die Nachricht an Fritz Bauer weitergeben und ihn nach Hause schicken können. Es tut mir sehr leid."

Wie furchtbar! Wie sollte sie dem Jungen diese unfassbare Nachricht überbringen? Darüber nachzudenken, blieb allerdings keine Zeit. Sie nickte nur und wandte sich dem Klassenzimmer zu, während die Sekretärin zur Treppe eilte. Frau Kampmann blieb in der Tür stehen.

„Fritz, kommst du mal bitte?"

Alle Schülerinnen und Schüler hoben ihre Köpfe und verstummten. Sie spürten, dass etwas Unheilvolles in der Luft lag. Angstvoll starrte Fritz ihr entgegen, während er langsam auf sie zukam, als wolle er die Botschaft, die er wohl ahnte, und die damit verbundene Gewissheit so lange als möglich hinauszögern. Frau Kampmann fasste ihn am Arm, zog ihn auf den Flur und machte die Klassenzimmertür hinter ihm zu. Sie legte dem Jungen die Hand auf die Schulter.

„Fritz, dein Vater …"

Der Junge schrie so auf, dass es Frau Kampmann ins Herz fuhr.

„Ich habe es gewusst, ich habe es gewusst, mein Vater ist tot!"

Noch ehe Frau Kampmann ihn stoppen konnte, rannte er schreiend auf dem oberen Flur umher, an den Klassenzimmern vorbei, kam wieder zurück, laut weinend, mit den Armen wild um sich schlagend. Fast sah es so aus, als ob er sich über die Brüstung stürzen wollte. Wie konnte sie ihn aufhalten, beruhigen? Sie versuchte, nach seinem Arm zu greifen, doch er schlug nach ihrer Hand und rannte wieder schluchzend davon. Wahrscheinlich würden in Kürze zahlreiche Türen aufgehen und neugierige Lehrer und Schüler zu Zuschauern dieses Dramas werden. Sie musste Fritz unbedingt vom ersten Stock ins Erdgeschoss hinunterbringen. Doch er hörte sie nicht, stierte nur mit wilden, nassen Augen irgendwo hin, drehte sich um und lief wieder an der Brüstung entlang in die andere Richtung. Frau Kampmann riss die Klassenzimmertür auf.

„Emma, komm mal, lauf schnell ins Rektorat und bitte Herrn Ossowsky, gleich zu unserem Klassenzimmer heraufzukommen."

Emma sauste los ohne zu fragen, sie hatte die Situation gleich erfasst.

„Fritz komm, beruhige dich. Du sollst nach Hause kommen, deine Mutter braucht dich."

Doch Fritz hielt nur kurz an, starrte seine Klassenlehrerin mit Augen an, die nichts sahen, und Ohren, die nichts hörten. Es war aussichtslos, Frau Kampmann drang nicht zu ihm durch. Wieder lief er den Flur entlang wie ein verwundetes Tier.

Mit schnellen Schritten kam der Schulleiter die Treppe hoch.

„Fritz, komm doch mal her."

Erst die ungewohnte, männliche Stimme auf dem Flur stoppte Fritz in seinem Lauf. Er blieb vor Herrn Ossowsky stehen. Der umfasste schnell mit beiden Händen seine Schultern und hielt ihn fest.

„Diese Nachricht ist furchtbar für dich, das wissen Frau Kampmann und ich. Das Beste wird sein, wenn sie dich jetzt mit ihrem Auto nach Hause bringt, denn deine Mutter braucht deine Unterstützung. Für eine Aufsicht in der Klasse werde ich sorgen."

Frau Kampmann öffnete kurz die Klassenzimmertür.

„Hannes, pack mal schnell die Sachen von Fritz ein, bring seinen Rucksack her und auch seine Jacke."

Stumm hielt Hannes Fritz seine Sachen hin, wortlos griff der Junge danach, ohne den Freund anzusehen, drehte sich um und ging, eingerahmt von Schulleiter und Klassenlehrerin, die große Freitreppe hinunter und zum Haupteingang hinaus.

Hannes starrte seinem Freund mit Tränen in den Augen hinterher. Er stand wie versteinert. In seiner Brust breitete sich ein schmerzhaftes Ziehen aus.

Was hätte er sagen sollen, sagen müssen? Er wusste es nicht. Das Leben konnte manchmal verdammt schwer sein.

Abends im Bett schlug Hannes das Tagebuch auf, seinen Freund in seelischer Not.

Der Vater von Fritz ist tot, einfach so tot. Ich kann mir überhaupt nicht vorstellen, dass mein Vater mal tot ist. Will es auch gar nicht. Wer bestimmt darüber, wann jemand leben darf oder tot zu sein hat? Ich meine nicht Mörder, die das absichtlich tun, sondern kranke und alte Leute, oder Verunglückte. Ist Gott der Bestimmer? Oder das Schicksal? Was soll das überhaupt sein? Vielleicht die Außerirdischen? Oder andere Mächte, die wir nicht sehen, die aber uns im Blick haben. Wer weiß das schon?
Fritz tut mir furchtbar leid. Ich muss mit ihm reden, seine Gedanken nach vorne richten, auf unser Ziel, das wir nicht aus den Augen verlieren dürfen. Wir müssen handeln. Die Welt retten. Uns. Sofort.

12

Trostlos sah es an diesem Nachmittag auf dem Schulhof aus.

Ein leichter Wind wehte durch die Büsche, wirbelte Papierfetzen hoch oder schob sie unter die Sitzbänke. Das aufdringliche Rauschen des Straßenverkehrs jenseits der Hecke mischte sich unter das Rascheln der Zweige und Zwitschern der Spatzen. Neben dem Mülleimer versammelten sich Apfelreste, eine zerknüllte Tüte, Bonbonpapiere, eine zerbeulte Cola Dose und gebrauchte Papiertaschentücher zu einem eigenwilligen Stillleben; der Schulhof war noch nicht geputzt worden. Verwaist starrte die Tischtennisplatte in den grauen Himmel.

Alle Fenster des Zeichensaals gingen zum Hof hinaus und waren geöffnet; der Lärm, der sich ins Freie ergoss, deutete regen Betrieb im Raum an. Jüngere Schüler, Fünftklässler, liefen hin und her, trugen Leitern und Papierstapel von hier nach dort, redeten, gestikulierten, lachten. Hin und wieder waren die Umrisse von Lehrer Schütt zu sehen, in alle Himmelsrichtungen weisend und Anordnungen erteilend. Im nachmittäglichen Kunstunterricht ging es oft lockerer zu als am Vormittag.

Einen Moment lang war Hannes von den Aktivitäten hinter den Fenstern abgelenkt. Doch schuldbewusst wandte er sich wieder dem neben ihm sitzenden Fritz zu.

Eine ganze Woche lang hatte Fritz in der Schule gefehlt und war auch aus Hannes' Leben verschwunden. Dann hatte Fritz den Freund angerufen, sie hatten sich verabredet; nun saßen sie auf dem äußersten Ende einer langen Bank auf dem Schulhof. Schweigend tranken sie aus ihren Flaschen, schweigend mümmelten sie Kekse aus der Tüte, die Hannes zwischen seinen Knien eingeklemmt hatte, schweigend verfolgten sie mit den Augen die über den grauen Asphalt tanzenden Papierfetzen. Schweigen war manchmal die bessere Wahl, wenn man nicht wusste, was man in schwierigen Situationen reden sollte. Und in so einer befand sich Hannes jetzt, jedenfalls war er davon überzeugt.

Sterben und Tod, Trauerfeier und Einäscherung; diese Begriffe waren auch Hannes bekannt, doch er selbst hatte noch nie direkt mit dem zu tun gehabt, was sie bedeuteten. Wenn jemand aus seiner Familie starb, geschah das in Österreich, und die Verstorbenen waren ihm fremd, er kannte sie nur aus den Erzählungen seiner Mutter. Er hörte ihr zu, doch berührt wurde er von ihren Berichten nicht. Durch den Tod von Fritz' Vater war ihm dieser Lebensbereich plötzlich sehr nahe gekommen. Seine Scheu war groß, über solche Dinge zu reden, etwa darüber, wie es ihm und seiner Mutter seit dem Tod des Vaters gehe, ob er ihn vermisse, wie es auf der Trauerfeier gewesen sei, wie er die Tage verbracht habe ohne Schule und Klassenarbeiten. Fragen gab es genug; doch leichter war es für Hannes, selber zu reden, etwa von der Schule, und das tat er jetzt.

Gewissenhaft hatte er täglich die Hausaufgaben notiert, den Stoff der Hauptfächer und die Termine anstehender Klassenarbeiten. Diesen Zettel zog er jetzt aus der Tasche, hielt ihn Fritz schweigend unter die Augen.

„Isn das?"

„Siehst du doch."

Blass sah Fritz aus und dünn. Nicht nur seine Haare wirkten ungewaschen, auch seine Kleidung sah ungepflegt aus, als ob er anzog, was gerade herumlag, als ob es ihm egal war, wie er aussah, als ob sich niemand um ihn kümmerte. Die traurigen Augen sahen an Hannes vorbei, irrten über den Schulhof und das Schulgebäude, suchten die Spatzen in den Büschen, kehrten nur mühsam zu Hannes und Hausaufgaben zurück. Nein, Hannes spürte, dass dies nicht der Tag war, um über Außerirdische als Bedrohung für die Erde und sie selbst als deren Retter zu diskutieren. Heute noch nicht.

Plötzlich sah Fritz seinen Klassenkameraden direkt an.

„Soll ich dir mal etwas sagen, Mann? Gibt es eigentlich überhaupt noch einen schönen Platz auf der Welt? Zu Hause ist meine Mutter, die nur seufzt, weint und Tabletten schluckt. Wenn sie die Sachen von meinem Vater aufräumt, heult sie noch viel mehr und läuft gleich zum Friedhof. Außerdem stöhnt sie über den ganzen Papierkram, aber ohne den be-

80

kommt sie keine Rente. Allein lassen kann ich sie fast gar nicht. So ist das."

Erschrocken starrte Hannes den Freund an. Er tat ihm unendlich leid. Hilflos hielt er ihm seine Kekstüte hin, das Einzige, was ihm gerade einfiel; mechanisch griff Fritz hinein, steckte einen Keks in den Mund, griff nach dem nächsten. Geistesabwesend strich er mit den Fingern der rechten Hand über die Armbanduhr am linken Handgelenk. Hannes folgte seinen Bewegungen mit den Augen.

„Tolle Uhr hast du. Ist die neu? Ist mir noch nie aufgefallen."

„Die hat meinem Vater gehört. Meine Mutter hat sie mir vor zwei Tagen gegeben, natürlich hat sie dabei ohne Ende geweint. Vati hat das so bestimmt, hat sie gesagt; ich solle die Uhr tragen und immer gut auf sie aufpassen, denn sie sei wertvoll."

Hannes bewunderte die Uhr, die bei jeder Armbewegung glänzte und Funken versprühte; er spürte aber auch die innere Abwesenheit des Freundes und wollte ihn auf andere Gedanken bringen.

„Ich bin im Internet gewesen und habe mir alles angesehen, was ich über „Krieg der Sterne" finden konnte. Also so ein Lichtschwert, das wäre etwas Tolles, damit könnten wir uns wehren."

„Ach ja? Da fällt mir ein: Was machen eigentlich unser Alphatier Frank Reichert und die anderen?"

„Vergiss es, bei denen hat sich gar nichts geändert; ich gehe ihnen aus dem Weg, so gut ich kann. Übrigens, meine Mutter ist bei der Kampmann gewesen, konnte ich nicht verhindern. Was die geredet haben, weiß ich nicht. Interessiert mich, ehrlich gesagt, auch nicht die Bohne, das bringt sowieso nichts."

Fritz nahm noch einen Keks aus der Tüte und rückte näher an Hannes heran.

„Also diese ganze Woche zu Hause, da war mir schon manchmal furchtbar langweilig, und ich hab in den Schränken gekramt. Da hab ich eine weiße Plastikschlange gefunden, die wir, glaub ich, mal vor längerer Zeit auf dem Jahrmarkt gekauft haben. Damals wollte ich die unbedingt haben, wahrscheinlich, weil sich Erwachsene so schön davor ekeln. In der Zwischenzeit hatte ich sie total vergessen. Die sieht so was von echt aus, du glaubst es nicht, echt geil. Damit kann man jemanden bestimmt ganz schön erschrecken. Ich hab sie erst mal bei mir im Zimmer versteckt, muss mir mal überlegen, was man damit machen kann. Und noch was, aber du darfst niemandem etwas davon erzählen, schwör das. Sonst wandern wir beide ins Gefängnis."

Verschwörerisch sah Fritz Hannes an, der zu Tode erschrak und nickte.

„Ich schwöre."

Fritz senkte die Stimme fast bis zum Flüstern.

„Mein Vater hat Pistolen im Keller; das weiß ich schon lange, durch irgendeinen Zufall, hab ich Dir nicht schon davon erzählt? Er war Mitglied in einem Schützenverein außerhalb der Stadt, da ist er jede Woche einmal hingefahren. Was da so gemacht wird in dem Verein außer schießen, weiß ich nicht genau. Neulich, als meine Mutter auf dem Friedhof war, wollte ich nachsehen, ob die Pistolen immer noch in dem Schrank sind, eine Softair und eine richtige. War nur so eine Idee. Als ich vorsichtig an der Schranktür gezogen habe, - einen Schlüssel hatte ich ja nicht -, ist sie aufgegangen, stell dir das vor! Und tatsächlich, die waren noch da. Meine Mutter weiß das bestimmt nicht, die denkt sicher, dass die Tür abgeschlossen ist und der Schlüssel sicher verwahrt an seinem Platz. Das soll sie auch weiterhin denken. Ich hab die Tür wieder zugedrückt. Meine Mutter kümmert sich die nächste Zeit bestimmt nicht darum, hat andere Sorgen."

Hannes sagte nichts. Der Wind hatte zugenommen, er fröstelte. Eigentlich wollte er nur noch nach Hause, denn Hunger hatte er auch. Er stand auf, Fritz griff so fest nach seinem Arm, dass es schmerzte; Hannes verzog das Gesicht und setzte sich vor Schreck wieder hin.

„Du darfst niemandem etwas erzählen, hörst du, Hannes? Niemandem. Das meine ich verdammt ernst. Ab morgen komme ich wieder in die Schule; deinen Zettel kannst du mir geben, mal sehen, was sich machen lässt. Wir reden dann weiter."

„Macht doch mal jemand die Fenster zu!"

Der Wind pfiff in den Zeichensaal und drohte die auf den Tischen ausgelegten Blätter durcheinander zu wirbeln. Ein paar Mädchen stürzten sich auf die Zeichnungen, um sie festzuhalten, andere schlossen schnell die Fenster.

Zwischen Tischen und Stühlen wurde konzentriert gearbeitet. Mit mehreren jüngeren Schülerinnen war Soraya dabei, die Zeichnungen auf zusammen geschobenen Tischen in eine bestimmte Reihenfolge zu legen; andere nahmen die Bilder dann auf und trugen sie zu den Wänden, vor denen wieder andere auf Leitern standen und sie aufhängten. Eine Gruppe war für die richtige Beschriftung verantwortlich und arbeitete an einem Computer. Im Hintergrund besprach Arno Schütt mit einem anderen Team, welche Arbeiten die Wände draußen auf dem Flur schmücken sollten. Die Tür stand offen, es herrschte ein reges Kommen und Gehen. Jetzt am Nachmittag waren die meisten Räume verwaist, die Arbeitsgruppen störten also niemanden. Nur im ersten Stock konnte man aus einigen Zimmern Stimmen hören, dort fanden verschiedene Kurse statt, auch Theaterproben und Musikunterricht.

Lehrer Schütt warf einen prüfenden Blick über seine Schülergruppen. Er war mit Sorgfalt und Arbeitseifer der Anwesenden zufrieden; die Ausstellung „Natur und ihre Verfremdung" sollte ein Erfolg werden.

Verstohlen verweilten seine Augen auf Soraya, die konzentriert mit den Kindern redete, die um sie herum standen. Er konnte ihr feines Profil sehen, die schmale Nase, den roten Mund. Wenn sie sprach, sich dabei nach rechts und links wandte und mit den Händen gestikulierte, gerieten die braunen Haare in Bewegung, als wollten sie mitreden. Sie war ganz in ihre Aufgabe vertieft, deutete auf einzelne Elemente der Bilder, fragte und hörte aufmerksam zu. Schütt konnte sich nicht satt sehen an dem Bild, das sich ihm bot.

Bei den Kindern kommt sie gut an, dachte er. Sie hat so eine unaufgeregte, ruhige und doch bestimmte Art, eine angeborene pädagogische Begabung, sicher durch die jüngeren Geschwister befördert, da machen alle Kinder eifrig mit. Auch mir ist sie äußerst sympathisch, mehr, als einer Beziehung zwischen Lehrer und Schülerin gut tut. Irgendwie ist sie viel erwachsener als die anderen Mädchen ihres Alters, was sicher kein Wunder ist, denn sie hat mehr durchgemacht als Gleichaltrige, die weder die Heimat verlassen noch in Armut aufwachsen mussten. Schade, dass sie aus ihrer künstlerischen Begabung so wenig macht, aber vielleicht kommt das ja noch.

Die Schulglocke ertönte, der Nachmittagsunterricht war zu Ende.

„Ich denke, wir haben das meiste geschafft. Räumt bitte die Zeichnungen und Werkzeuge weg und vergesst nicht, die Tische sauberzumachen, dann könnt ihr nach Hause gehen. Danke für eure fleißige Mitarbeit."

„Die Schilder müssen noch angebracht werden."

„Stimmt, das machen wir dann in der nächsten planmäßigen Stunde."

Der Zeichensaal leerte sich schnell. Soraya zog sich die Jacke über und griff nach ihrer Tasche. Sie lächelte vor sich hin. Die Kinder waren nett, die Arbeit mit ihnen hatte Spaß gemacht. Vielleicht sollte sie doch Lehrerin werden. Dafür müsste sie allerdings auch noch das Abitur machen und studieren. Ob sie das schaffen würde? Zu Hause fehlte es nicht nur an allen Ecken und Enden an Geld, sondern auch an Ermutigung von Seiten der Eltern, die in Gedanken noch an der alten Heimat hingen und in der neuen mit sich selbst genug zu tun hatten.

„Danke für deine Mithilfe, Soraya."

Sie zuckte zusammen, als Arno Schütt plötzlich hinter ihr stand, sehr dicht hinter ihr, wie sie spüren konnte. Er atmete hörbar. Ein frisch-herber Duft strich über ihren Nacken. Welches Duftwasser er wohl benutzte? Es roch angenehm, fand sie, und unauffällig. Was hatte Emma da von Alkohol gefaselt; sie konnte nichts dergleichen riechen, keine Spur. Emma sollte sich vor übler Nachrede in Acht nehmen. Soraya drehte sich rasch um, wobei sie einen Schritt rückwärts tat, um der großen Nähe auszuweichen.

„Bitte, Herr Schütt, es war großer Spaß mit Kindern. Wenn mal wieder Bedarf an Hilfe ist, komme ich gern, wenn ich Zeit habe."

Fieberhaft suchte Herr Schütt nach einem Gesprächsthema, mit dem er Soraya noch eine Weile festhalten konnte, sie durfte einfach noch nicht fortgehen. Er wollte sie ansehen, ihre Nähe genießen.

„Die Schülerinnen waren sehr willig unter deiner Führung, du hast pädagogisches Talent, Lehrerin solltest du werden."

„O je, da muss ich machen Abitur, ob mein Deutsch dafür reicht …"

„Deine Fortschritte in der deutschen Sprache sind erstaunlich. Wie kommst du jetzt in den einzelnen Fächern zurecht?"

„Probleme am größten in Englisch, denn ich habe gelernt jahrelang nur Russisch. Aber dafür ist Mathe für mich ein Kinderspiel. Jetzt ich muss rennen zu Bus."

Wenn ich sie weiter aufzuhalten versuche, könnte es peinlich werden, dachte Schütt; ich höre die Putzfrauen, die sich mit ihren Reinigungswagen dem Zeichensaal nähern, und auch der Hausmeister ist irgendwo auf dem Flur zugange. Die Gerüchteküche ist schneller am Brodeln und Überkochen, als man sich vorstellen kann. Und dann gibt es üblen Geruch. Nein, das darf ich ihr nicht antun.

Soraya warf einen hastigen Blick auf ihre Armbanduhr, gab ihm flüchtig die Hand, drehte sich um und ging schnell aus dem Zeichensaal. Schütt blieb reglos stehen, sah ihr hinterher, bis sie aus der Tür war, und lauschte ihren davoneilenden Schritten, die in dem leeren Flur widerhallten und immer leiser wurden, bis die schwere Schultür dumpf ins Schloss fiel.

Die Kneipe „Zum bunten Hund" war übervoll.

Eine Traube von Männern aller Altersklassen hing am Tresen, über dem Alkoholdunst wie durchsichtige Watte stand; die Arme aufgestützt und sich an einem Glas festhaltend, redeten manche mit ihren Nachbarn, andere stierten ins Glas vor sich und signalisierten, dass sie in Ruhe gelassen werden wollten. Der eine oder andere folgte den Bewegungen des Wirtes mit den Augen, Ablenkung von den Tagesereignissen und Entspannung suchend.

Die kleinen, runden Tische waren dicht besetzt. Lebhafte Gespräche waren im Gange, Witze flogen hin und her, denen lautes Gelächter folgte. Die Neuigkeiten aus dem Ort, Hochzeiten, Scheidungen, Taufen wurden diskutiert, die Mitglieder des heimatlichen Fußballvereins kritisiert; auch für die Weltpolitik gab es Verbesserungsvorschläge, die nie verwirklicht werden würden.

Arno Schütt erwischte einen freien Stuhl, als gerade jemand aufstand. Er hatte ein frisch gezapftes Bier vor sich stehen. Es war nicht sein erstes, eins hatte er gleich am Tresen getrunken, auf einen freien Stuhl wartend. Er saß mit dem Rücken halb zum Fenster gedreht; was draußen abging, interessierte ihn nicht. Er musste dringend nachdenken.

In seinem Leben war eine neue Situation eingetreten, ein unerwartetes Problem, und das hieß Soraya. Wenn er ehrlich war, musste er sich eingestehen, dass er auf dem besten Weg war sich zu verlieben, in eine Schülerin. Das war völlig unmöglich, Schütt wusste das nur zu gut. Sicher, sie war kein Kind mehr, vielmehr eine junge Frau, reifer als die meisten anderen Gleichaltrigen, aber eben auch seine Schülerin. Daran war einfach nicht zu rütteln. Er durfte sich ihr auf gar keinen Fall nähern, auch daran war nicht zu rütteln. Unzucht mit Abhängigen hieß das wohl, und das war strafbar. Punktum. Abgesehen von der Gesetzeslage bestand auch die große Gefahr, sich zum Gespött nicht nur der Schüler, sondern auch der Lehrer zu machen; nicht nur er, sondern auch Soraya. Ganz zu schweigen von Facebook. Wie ein unersättliches Monster stand es im Verborgenen bereit, Unrat an einer Stelle aufzunehmen und über viele Köpfe auszuspucken. Das durfte auf keinen Fall passieren.

Schütt trank sein Glas leer und bedeutete dem Barkeeper, ein neues vorzubereiten. Je mehr er trank, desto leichter und sorgenfreier fühlte er sich. Die süße Soraya. Seine Phantasie ging auf Reisen, mit jedem Schluck Bier wurde die Gegenwehr geringer. Er hielt ihren jungen Körper in seinen Armen, sog den Duft ihres Haares ein …

Was seine Eltern und seine Schwester zu seiner Liebe sagen würden? Die Familie wohnte in Hamburg. Seine Mutter war Grundschullehrerin, der Vater bildete zukünftige Sozialpädagogen aus. Die Schwester Erika besuchte die Kunstakademie, ihr Maltalent war wohl umfassender als seins. Ihm wurde bewusst, dass Erika nur wenige Jahre älter war als Soraya, sie konnte deren Schwester sein.

Ob sie ihn auch mochte, ja, liebte? Er musste unbedingt herausfinden, ob sie seine Gefühle erwiderte, und zermarterte sich den Kopf, wie das zu bewerkstelligen war. Noch war es zu früh, überhaupt mit jemandem zu reden über das, was ihm gerade widerfuhr, auch nicht mit der Familie. In weniger als einem Jahr würde Soraya die Schule verlassen. Dann wären sie frei für eine Beziehung, bis dahin durften sie sich nichts anmerken lassen. So würde es richtig sein. Er musste unbedingt und möglichst bald ein Gespräch mit ihr suchen.

Ein weiteres Bier landete vor Lehrer Schütt auf dem Tisch.

Der Alkohol begann, ihm den Kopf zu vernebeln. Ihn umgab eine warme Wolke aus Bierdunst, Körpergerüchen, Worten und Witzen, in der er sich geborgen fühlte. Alles würde gut werden.

Neugierige Augen vor dem Fenster, die ins Dunkel zurückwichen, sobald er den Kopf drehte; die nicht gesehen werden wollten, jedoch die Gläser zählten, die vor ihn hingestellt wurden; die jede seiner Bewegungen beobachteten und Schlüsse auf den Grad seiner Trunkenheit daraus zogen; die zu einer Person gehörten, die entschlossen war, das Gesehene zu ihren Gunsten zu nutzen.

Lautlos verschwand Emma in der zunehmenden Dunkelheit einer mondlosen Nacht.

13

„Frau Kampmann, könnte ich Sie einen Augenblick sprechen?"
Kemal löste sich aus einem Pulk Schüler, als er seine Klassenlehrerin er-
blickte, die auf dem Weg zum Lehrerzimmer war. Mit schnellen Schritten
kam er auf sie zu, fragend schaute er sie mit dunklen, ernsten Augen an.
Kemal war erst vor kurzem in die Klasse gekommen, stand deshalb noch
am Rande einer fest gefügten Klassengemeinschaft. Doch das schien ihm
durchaus recht zu sein; er war schon über siebzehn Jahre alt und wirkte
sehr erwachsen und männlich, neben ihm sahen die anderen Jungen wie
richtige Buben aus. Ihre Interessen und Aktivitäten teilte Kemal nicht,
ging aber kameradschaftlich mit ihnen um, was sie honorierten, indem sie
ihn in Ruhe ließen. Gegenüber der Lehrerschaft verhielt sich Kemal unauffällig und höflich, er bemühte sich sehr, seine Leistungen im Klassen-
durchschnitt zu halten und den Schulabschluss zu schaffen.
In diesem Moment konnte Frau Kampmann nicht übersehen, dass Kemal
ein ernstes Problem hatte. Traurigkeit lag in seinen Augen, er ließ die
Schultern hängen, die Hände quetschten nervös die Riemen des Ruck-
sacks, so dass die Knöchel weiß hervortraten.
Der Schulvormittag war zu Ende, nur noch wenige Schüler hielten sich
auf den Fluren auf, in Kürze würde das Gebäude verlassen sein. Der
Hausmeister schloss sein Zimmer ab und ging zum Essen in seine Wohnung, die ersten Putzfrauen schoben ihre Wagen mit Reinigungsutensilien
durch die Halle.
„Natürlich, Kemal, komm mit, wir gehen ins Ethikzimmer, da sind wir
ungestört."
Frau Kampmann schloss auf und ging auf ihren Tisch zu, Kemal zog sich
einen Stuhl heran, stellte seinen Rucksack neben sich ab, setzte sich und
legte die Hände in den Schoß.
„Worum geht es, Kemal?"

Stille stand im Raum. Vor den geöffneten Fenstern hörte man vereinzelte Kinderstimmen, Straßenverkehr rauschte von fern herein, Vögel zwitscherten in den nahen Bäumen. Frau Kampmann schwieg, ließ dem Jugendlichen Zeit, sich zu sammeln und die richtigen Worte zurechtzulegen. Er blickte kurz auf, presste die Hände ineinander und senkte wieder den Blick. Es war nicht zu übersehen, dass es ihm schwer fiel, über sein Problem zu reden.

„Was ist denn Schlimmes passiert, Kemal?"

Frau Kampmanns Stimme war ruhig und freundlich; sie wollte ihm Hilfsbereitschaft signalisieren und das Gespräch anstoßen. Jetzt gab Kemal sich einen Ruck und sah seine Lehrerin verzweifelt an.

„Etwas Schlimmes, ja, und auch etwas Schönes. Die Sache ist so: Ich habe eine Freundin, ein türkisches Mädchen, seit einem Jahr oder so. Sie heißt Ayün und ist sechzehn. Wir lieben uns, ich glaube wirklich, dass wir füreinander bestimmt sind. Ich meine nicht, von den Vätern bestimmt, sondern aus freiem Willen. Also ihre Eltern und auch meine sind keine strenggläubigen Muslime, die sind schon in jungen Jahren nach Deutschland gekommen, um hier zu arbeiten, meine Freundin und ich sind hier geboren. Die Religion ist uns ziemlich egal."

Kemal machte eine Pause, auch Frau Kampmann sagte nichts, die Geräusche von außerhalb fingen wieder an, den Raum zu erobern.

„Sie bekommt ein Kind."

Nun war es heraus. Der Satz stand zwischen Kemal und seiner Klassenlehrerin wie ein Zementblock, grau und schwer; in seinen Dimensionen kaum abschätzbar für zwei so junge Leute, dachte Frau Kampmann erschrocken.

„Eigentlich ist ein Kind doch etwas Wunderbares, nicht wahr", redete Kemal weiter, als müsse er Überzeugungsarbeit leisten, denn sein Gegenüber schwieg noch immer. „Natürlich bin ich mir bewusst, dass es Probleme geben wird, große Probleme; schließlich müssen wir beide noch den Schulabschluss machen, und Geld haben wir auch keins, aber wenn wir zusammen halten, an einem Strang ziehen sozusagen, kann man die doch meistern. Ja, davon bin ich überzeugt. Aber meine Freundin leider nicht."

Ich glaube kaum, dass du die Schwierigkeiten abschätzen kannst, lieber Kemal, dachte Frau Kampmann. Ein Baby braucht Pflege, Zuwendung, Rundumbetreuung, ein Zuhause, von Geld noch gar nicht zu reden. Und das sind nur die Grundvoraussetzungen.

„Was sagen eure Eltern dazu, sie wissen doch sicher Bescheid?"

„Also meine Eltern machen keinen Aufstand, meine Mutter wird uns beistehen, so gut sie kann, das weiß ich, sie ist eine sehr vernünftige Frau. Ihre Eltern? Weiß ich, ehrlich gesagt, nicht. Tatsache ist, dass sich Ayün und ihre Eltern von mir fernhalten, seitdem die Schwangerschaft feststeht, seit vier Monaten schon. Ich darf sie nicht besuchen, nicht mit ihr reden. Sie hat gesagt, ich soll sie nicht mehr anrufen und nichts, meine Anrufe drückt sie weg. Ich verstehe das überhaupt nicht, Sie etwa?"

„Im Moment kann ich noch nicht erkennen, was dahinter steckt", antwortete Frau Kampmann, „aber ich denke, das wird sich noch klären, du musst wohl etwas Geduld haben. Hast du zu verstehen gegeben, dass du zu deiner Freundin stehst, sie nicht im Stich lassen wirst?"

„Ja, natürlich. Ich habe immer wieder gesagt, dass ich Verantwortung übernehmen werde, das ist doch klar. Doch ich habe das Gefühl, sie glauben mir nicht, vielleicht trauen sie mir die Vaterrolle auch nicht zu, ich weiß nicht. Angst habe ich davor, dass sie das Kind einfach wegmachen lässt. Aber ich muss doch gefragt werden, ich bin der Vater, da habe ich auch mitzureden, und ich will das auf keinen Fall. Möglich ist auch, dass sie Ayün zwingen, in die Türkei zu Verwandten zu gehen, um dort das Kind zu bekommen oder abtreiben zu lassen, Wege gibt es ja immer. Das wäre für mich ganz furchtbar. Ich kann mich kaum noch auf das Lernen und besonders die anstehenden Klassenarbeiten konzentrieren. Dabei sind die doch wahnsinnig wichtig, damit ich die Prüfung schaffe, eine Lehrstelle bekomme und später Geld verdienen kann."

Da hast du so Recht, dachte Frau Kampmann, doch ich weiß wirklich nicht, was ich für dich tun kann.

„Kann deine Mutter in die Schule kommen? Ich würde gern mit ihr und dir gemeinsam reden. Sie möchte mich bitte anrufen, damit wir einen Termin ausmachen können."

„Das tut sie bestimmt, mit meiner Mutter verstehe ich mich sehr gut. Danke, Frau Kampmann."

„Natürlich würde ich auch mit deiner Freundin reden, mit dem betreuenden Arzt oder den zuständigen Behörden, wenn du das möchtest. Aber zunächst mal mit deiner Mutter, denke ich, und du solltest dabei sein."

Kemal gab sein Einverständnis mit einem Kopfnicken.

„Mach´s gut, Kemal, ade."

„Ade, Frau Kampmann, und danke."

Die Tür fiel hinter dem Schüler zu.

Nach kurzer Zeit klopfte es an die Tür.

„Herein."

In Erwartung eines einbestellten Elternpaares war Frau Kampmann aufgestanden und hatte sich Richtung Tür bewegt. Herr und Frau Skedic mit ihrer Tochter Anna traten ein und begrüßten Annas Klassenlehrerin. Sie nahmen gegenüber von Frau Kampmann Platz. Während die Eltern die Lehrerin erwartungsvoll anblickten, lümmelte sich Anna auf den Stuhl, blickte betont gleichgültig durchs Fenster nach draußen und signalisierte unübersehbar: Was soll das Ganze hier?

Sie war eine ausgesprochen hübsche Sechzehnjährige mit langen, hellblonden Haaren, sehr schlanker Figur, gleichmäßigen Gesichtszügen und großen, wasserblauen Augen, in denen meistens Ablehnung und Überdruss zu lesen war. Dementsprechend waren ihre Schulleistungen nur mittelmäßig. Frau Kampmann stand vor einem Rätsel. Sie sah Herrn Skedic an.

„Danke, dass Sie sich Zeit für dieses Gespräch genommen haben. Bisher haben wir uns noch nicht kennen gelernt; umso erfreulicher, dass der Termin heute geklappt hat. Ich weiß, dass dies bei berufstätigen Eltern nicht immer einfach ist."

„Worum geht es, Frau Kampmann, hat meine Tochter etwas angestellt, ist sie frech?"

Herr Skedic schaute die Lehrerin herausfordernd an. Seine Haltung demonstrierte sehr deutlich, dass er in der Familie das Sagen hatte und dass er die Unterredung für überflüssig hielt. Seine Frau wirkte eher schüchtern. Im Gegensatz zu ihrer schönen Tochter war das Aussehen der Mutter das einer grauen Maus. Die schon angegrauten Haare waren straff nach hinten gekämmt aus einem ungeschminkten Gesicht, die Figur verschwand in einem weiten, dunklen Mantel. Zusammengesunken saß sie auf dem Stuhl und machte einen depressiven Eindruck.

„Nein, so kann man das nicht gerade sagen. Aber sie hat schon manchmal einen recht schnippischen Ton auf der Zunge, der zu einem so hübschen Mädchen nicht passt. Es geht aber um etwas anderes: Anna ist eine intelligente Schülerin, das sagen alle Kollegen, die sie unterrichten. Sie sagen aber auch, dass sie weit unter ihren Möglichkeiten bleibt, dass sie eher faul als fleißig ist, dass sie erstaunlicherweise überhaupt keinen Ehrgeiz entwickelt und an keinem Fach Interesse zeigt. Wir fragen uns natürlich, was die Ursachen dafür sind."

Auch jetzt ergriff der Vater gleich das Wort, seine Frau machte gar keine Anstalten zu antworten. Anna sah gelangweilt aus dem Fenster.

„Sie wissen ja, wie die jungen Mädchen heute sind, haben nur Jungen und Mode im Kopf und natürlich ihr Handy. So ist es nun mal. Ich denke, dass das bald vorbei ist und sie dann auch an ihre Zukunft denken wird."

„Unter Umständen ist es dann zu spät, das Abschlusszeugnis geschrieben und an unbefriedigenden Noten nichts mehr zu ändern. Das würden wir gerne verhindern. Hat Anna irgendwelche Probleme, die sie vom Arbeiten abhalten?"

„Hast du Probleme, Anna?"

Herr Skedic sah seine Tochter auffordernd an. Anna zuckte mit den Schultern, die Mundwinkel zogen leicht nach unten wie bei einem störrischen Kind.

„Anna, willst du nicht mal etwas sagen? Es geht doch schließlich um dich und deine Zukunft. Ich verstehe dich nicht."

Anna schüttelte den Kopf, Frau Kampmann fühlte Zorn in sich aufsteigen. Ganz deutlich spürte sie, dass die Familie mauerte, keiner würde eine ehrliche Antwort geben, es war verlorene Liebesmüh. Dann sollte es eben so sein. Sie als Lehrerin hatte nichts in der Hand, musste so einen Gedanken wie Missbrauch in der Familie oder Verwandtschaft für sich behalten, denn einen Beweis gab es nicht. Die Mauer war dicht.

„Sie sehen, Frau Kampmann, da ist nichts."

Herr Skedic war aufgestanden, das Signal für Mutter und Tochter, sich ebenfalls zu erheben.

„Gut. Danke, dass Sie gekommen sind. Auf Wiedersehen. Bis morgen, Anna."

Als Familie Skedic das Zimmer gerade verließ, huschte sogleich Frau Friedmann herein, ohne eine Aufforderung von Frau Kampmann abzuwarten. Eilfertig griff sie nach deren Hand.

„Danke, dass ich kommen durfte, Frau Kampmann, ich mache mir solche Sorgen um Hannes."

Frau Kampmann hatte Mühe, die kleine, hektische Frau zu einem Stuhl zu führen und sie zum Sitzen zu nötigen. Frau Friedmann hatte rote Flecken auf den Wangen und am Hals, die dünne, leicht zittrige Stimme lief über vor Sorgen und Angst wie ein bis an den Rand gefüllter Eimer mit Wasser. Frau Friedmann machte sich Sorgen um ihren Sohn, so lange Frau Kampmann sie kannte.

„Erzählen Sie, Frau Friedmann, was ist passiert?"

„Das weiß ich eben nicht. Hannes verhält sich in letzter Zeit so anders als sonst, manchmal habe ich den Eindruck, einen ganz fremden Sohn zu haben. Einerseits ist er sehr abweisend, richtig grob mir gegenüber, andererseits kann er heftig explodieren und sich erregen. Der Name Frank fällt immer wieder bei ihm. Der und eine Jungengruppe scheinen meinen Sohn regelrecht zu drangsalieren."

„Ich weiß, Frau Friedmann, ich habe mit Frank auch schon geredet, mehr als einmal. Beim nächsten Angriff auf Hannes oder andere Mitschüler, denn ihr Sohn ist nicht sein einziges Opfer, auch Fritz gehört dazu, springt der Strafkatalog für Frank an."

„Ich weiß überhaupt nicht mehr, was für Gedanken im Kopf von Hannes herumschwirren. Neuerdings redet er von Jedi-Rittern, Skywalker, Darth Vader und noch mehr solchen Figuren, die kein Mensch kennt. Das alles hat er von Fritz Bauer, das ist wohl sein Freund, sein einziger."

„Ich habe den Eindruck, dass die beiden, Hannes und Fritz, sich gegenseitig gut tun", warf Frau Kampmann ein.

„Das kann schon sein. Vor einiger Zeit habe ich vor Hannes' Tür gelauscht, ich gebe es ja zu, aber sie war nur angelehnt, das war meine Chance. Er redete mit Jussi, seinem Wellensittich, können Sie sich das vorstellen? Von Krieg hatte er es, von Lichtschwertern, Kampf und Tod. Und so was sagt Hannes, der bisher keiner Mücke auch nur ein Bein ausgerissen hat, nichts mehr liebte als klassische Musik und am liebsten allein zu Hause war. Neulich hatte er des Nachts wieder Albträume, das kommt häufiger vor. Ich hörte sein Gemurmel durch die Tür und bin rein zu ihm. Schweißnass und zitternd saß er im Bett, mit aufgerissenen Augen, wie von Sinnen. Von Rache und Rettung hat er geredet, ich hab's nicht verstanden, finde es aber sehr beunruhigend. Das alles passt doch gar nicht zu ihm, finden Sie nicht auch?"

„Das kommt höchst wahrscheinlich von Fritz Bauer, der zurzeit wie viele Jungen ein Fan vom Krieg der Sterne ist. Solche Schwärmereien sind normal für dieses Alter und vergehen wieder. Auch viele Erwachsene sind von Star Wars sehr angetan. Ich glaube nicht, dass Sie sich da Sorgen machen müssen."

„Doch, Frau Kampmann, große Sorgen, denn das Schlimmste wissen Sie ja noch gar nicht: Hannes hat Jussi umgebracht, ihm die Kehle zugedrückt, einfach so; unser kleiner Hannes, der bisher keinem Regenwurm etwas zuleide getan hat. Warum?"

Frau Kampmann zuckte zusammen. Das war in der Tat äußerst seltsam und besorgniserregend. Was hatte das zu bedeuten? Sie konnte sich keinen Reim darauf machen.

„Ich werde mit ihm reden, um herauszubekommen, was in seinem Kopf vor sich geht, ich verspreche es Ihnen, Frau Friedmann. Im Moment fällt mir gar nichts dazu ein."

„Wenn das Schuljahr bloß schon zu Ende wäre und wir zurück nach Österreich gehen könnten, da wäre das Leben viel einfacher für uns."

„Frau Friedmann, ich werde mit Hannes reden, sobald es geht, und auf Frank haben wir schon ein Auge."

„Danke, Frau Kampmann, ich will Ihre Zeit nicht über Gebühr in Anspruch nehmen; danke, dass Sie mir zugehört haben, aber ich brauche jemanden zum Reden. Kann sein, dass ich bald wieder anrufe. Auf Wiedersehen."

Die Zeit war fortgeschritten.

Frau Kampmann musste sich beeilen, zum verabredeten Termin für den Hausunterricht bei Peter Busse zu kommen. Der Verkehr war dicht, so dass Frau Kampmann fünf Minuten zu spät kam. Sie fühlte sich gehetzt und ausgelaugt, dabei sollte sie doch für ihren kranken Schüler konzentriert und ruhig sein. Manchmal war alles einfach zu viel.

Frau Kampmann läutete, Herr Busse öffnete mit einem Gesicht, aus dem das Unheil sie förmlich ansprang.

„Frau Kampmann, ich weiß schon, dass meine Nachricht an das Schulsekretariat Sie nicht mehr erreicht hat. Man sagte mir, dass Sie schon außer Haus seien. So sind Sie leider vergeblich hergefahren, das tut mir leid."

Frau Kampmann erschrak, Stimme und Hände fingen zu flattern an.

„Was ist passiert, Herr Busse?"

„Meinem Sohn ging es von einer Minute zur anderen sehr schlecht, er ist vor zwei Stunden ins Krankenhaus gekommen."

14

„Scheiße, Scheiße, Scheiße!"

Emma riss die Klappen der Briefkästen hoch, stopfte ihre Werbeblättchen hinein, notfalls auch mit Gewalt, und knallte die Deckel wieder herunter, so dass jeder Nachmittagsschläfer, jedes Kleinkind im Haus bestimmt wach war. Der Zorn hielt sie mal wieder fest umklammert, Zorn auf die Schule, Lehrer, Mitschülerinnen und Mitschüler, auf die Mutter und sich selbst. Zurzeit war mal wieder alles Scheiße.

Sie griff nach dem kleinen Wägelchen mit den Stapeln von Anzeigenblättern und machte sich auf zum nächsten Wohnblock, wo sich an den langen Briefkästen Reihen das gleiche Spielchen wiederholte: Klappe auf, Papier rein, Klappe zu. Straßenzug um Straßenzug. Zwei Stunden würde der Rundgang dauern, dann war der Karren leer und gutes Geld verdient. Wenigstens in der Hinsicht passte der Job; außerdem konnte Emma dabei ihr zorniges Gemüt abkühlen und über alles Mögliche nachdenken.

Zum Beispiel über ihre Mutter, Jutta Krautter, angestellte Friseurin in einem kleinen Geschäft einige Straßen weiter. Emma hatte dafür gesorgt, dass sie nicht in der Straße, in der ihre Mutter arbeitete, austragen musste und bei ihrem Erscheinen mit unnötigen mütterlichen Fragen und Ratschlägen bombardiert wurde, wenn es dumm lief. Emma hasste Fragen, besonders die ihrer Mutter, die sie nicht für besonders lebenstüchtig hielt. Ihre Gedanken bewegten sich mal wieder auf den immer gleichen Bahnen: Wie kann man nur so naiv sein, sich ein Kind andrehen zu lassen? Okay, dieses Kind bin zwar ich, aber man muss die Sache auch mal objektiv betrachten, dann war das mehr als dumm. Und dazu noch von einem amerikanischen Soldaten, der nichts Eiligeres zu tun hatte, als die Fliege zu machen, sobald sich ihm die Gelegenheit, sprich, die Heimkehr nach Amerika bot. Und zahlen tat er natürlich keinen Penny. Kluger Junge, dummes Mädchen, so war es schon immer auf der Welt.

Aber nicht mit mir. Ich bin lernfähig, und so, wie mit meiner Mutter, wird nie jemand mit mir umspringen, das ist schon mal klar. Dabei ist meine Mutter ein hübscher Typ mit einer klasse Figur, sehr gepflegt natürlich als Friseurin, mit einer flotten Kurzhaarfrisur und lackierten Fingernägeln. Zugegeben, die wären nichts für mich, aber ich muss ja auch keinem Kerl gefallen. Auch zugegeben, dass es meine Mutter nicht leicht hat, jemanden kennenzulernen. Welcher Mann interessiert sich schon für eine Frau mit halbwüchsiger Tochter, die ihm ständig Knüppel zwischen die Füße wirft? Ob ich versuche, meinen richtigen Vater zu finden? Ich hab so was mal gelesen, dass Kinder von Soldaten nach ihren Vätern suchen. Doch was bringt mir das? Nichts, wahrscheinlich nur noch mehr Ärger.

Ich komme so gar nicht nach ihr, sagt meine Mutter immer, wenn ich mal wieder einen Tobsuchtsanfall habe, weder äußerlich, noch vom Charakter her; ich überrage sie um Haupteslänge und auch in der Breite um einiges, hab das wohl von meinem amerikanischen Erzeuger geerbt. Neulich habe ich auf dem Schulhof gehört, wie jemand ‚Da kommt der Panzerpudding' gesagt und, ganz klar, mich gemeint hat; hab einfach weggehört, wollte keinen Ärger in der Schule. Ich weiß aber, wer das war, wenn ich den mal alleine auf der Straße erwische …

Der letzte Block noch, dann hab ich's geschafft und kann nach Hause. Vielleicht noch ein paar Aufgaben machen, obwohl, ich hab null Bock darauf. Die Lehrer kümmern sich sowieso nicht um mich, sind froh, wenn ich die Klappe halte. Nur die Kampmann, mit der kann man echt gut reden, in Ethik, obwohl sie mir oft das Wort abschneidet. Die anderen sollen auch zu Wort kommen, sagt sie dann immer; sehe ich irgendwie auch ein. Der Schütt ist auch so einer, wie alle Männer eben, hat nur das Eine im Kopf. Und höchstens noch Bier. Der zieht im Unterricht solch eine Shitshow ab, da schmeißt du dich weg, und bildet sich dabei ein, besonders tolle Stunden zu halten. Wie der um die Soraya Frenkowitz herumschwänzelt, ist kaum auszuhalten. Dass ich super gute Comics zeichnen kann, interessiert ihn nicht die Bohne; alle sagen, dass ich das ganz toll kann, habe mit einem Comic schon einmal einen Wettbewerb gewonnen. Vielleicht könnte ich sogar beruflich was damit machen, mal sehen. Aber für den Schütt bin ich Luft, wobei er eigentlich auch meine Talente fördern müsste. Denkste, der schleimt nur um Soraya herum, dass es einem schlecht werden kann. Ich hab ihn mit ihr unten am See gesehen, heimlich, das muss man sich mal vorstellen. Der weiß doch hundert pro, dass er das nicht darf. Da haben die bestimmt nicht nur Händchen gehalten, obwohl ich nichts weiter gesehen habe, um bei der Wahrheit zu bleiben.

Und saufen tut er auch, zumindest zeitweise, da bin ich mir sicher. Der riecht öfters mal nach Alkohol, auch wenn Soraya das abstreitet, aber naja, wenn man verliebt ist ... Im „Bunten Hund" hab ich ihn beobachtet, da hat er ein Bier nach dem andern gekippt, wenn das der Ostrowsky wüsste ...

Aber die Schulleitung muss wirklich nicht alles wissen. Auch nicht, dass ich eine Freundin habe, eine richtige. Ich interessiere mich nur für Mädchen, Jungen sind so was von zurückgeblieben und unsensibel. Mädchen sind da viel einfühlsamer, finde ich, und ganz besonders die kleine Andrea mit ihren braunen Kulleraugen, der zarten Haut und zierlichen Figur. Sie sieht immer so schutzbedürftig aus, man möchte sie ständig in die Arme nehmen und gegen die böse Welt verteidigen. Mit Mädchen kann man auch über andere Dinge als Sex reden.

Auch die Kampmann weiß nichts davon, dass ich lesbisch bin, ist auch besser so. Die süße Andrea geht aufs Gymi. Dass sie nicht an meiner Schule ist, hat nur Vorteile, hält das Geschwätz der anderen in Grenzen. Wir treffen uns bei ihr oder bei mir, wenn meine Mutter nicht da ist. Die könnte das sicher nicht verkraften. Ein Kind von einem Ami, das auch noch lesbisch ist, wäre glatt zu viel für sie. Ich hole uns manchmal ne Mafiatorte vom Italiener an der Ecke, dann machen wir uns das richtig gemütlich in meinem Zimmer. Später, wenn ich aus der Schule bin, werde ich mit Andrea zusammenziehen, und wir werden uns das Leben richtig schön machen.

Fertig mit dem Austragen. Ab nach Hause.

Vielleicht sollte ich doch noch lernen, die nächsten Tests stehen vor der Schultür, sozusagen. Ich wünsche mir schon einen guten Schulabschluss und einen Job, in dem ich viel Geld verdiene, egal was, die Hauptsache, viel Kohle. Am meisten verdienen die in der Wirtschaft, glaube ich, und da besonders die Manager und die Bosse, hat meine Mutter gesagt. Also muss man Boss werden, also Wirtschaftsbossin in meinem Fall, das werde ich mal anpeilen.

Der Frank aus meiner Klasse zum Beispiel ist ein richtiger Spassi, der wird niemals ein Boss, ich meine einer, der viel Geld verdient. Baut nur Scheiße und ärgert jeden, der ihm über den Weg läuft, schwächer aussieht als er und nicht von vorneherein den Staub zu seinen Füßen frisst. Von solchen Schleimern gibt's in meiner Klasse leider genug. Die Lehrer sind echt gestraft, die mit ihm zu tun haben. Besonders den Hannes hat er auf dem Kieker, der kann sich überhaupt nicht wehren. Der ist aber auch wirklich verhaltensoriginell, so ganz anders als alle Schüler, da muss man sich nicht wundern. Reden tut er mit niemandem außer mit Fritz, bei allen anderen hat er orale Verstopfung. So ein Kerlchen.

Der Fritz hat nun auch keinen Vater mehr, genau wie ich und noch einige andere. Man lernt damit zu leben. Halbe Familie, halber Ärger.

Ich denke, ich muss dem Angeber Frank mal wieder ein paar Verse sagen, damit er Hannes und die anderen Wehrlosen in Ruhe lässt. Vielleicht quält er den Hannes, weil er ihn nicht lieben darf, könnte doch sein, dass der Frank …hab mal irgendwo so was gelesen …

Also Mathe heute Abend, Emma, morgen ist die Klassenarbeit. Von nix kommt nix. Streng dich an und denk an die Chefetage.

15

Auch an diesem Nachmittag standen Schülergespräche in Frau Kampmanns Terminkalender. Es waren drei Einzelgespräche mit Schülerinnen.
Mädchen waren eher bereit, mit ihrer Klassenlehrerin über Probleme zu
reden, von Frau zu Frau sozusagen, die Jungen hielten sich sehr zurück
oder suchten sich männliche Gesprächspartner. Frau Kampmann hatte die
Termine vor den nachmittäglichen Kunstunterricht gelegt, dann mussten
die Mädchen nicht extra zum Gespräch in die Schule kommen.
Es ging um Tina, Valeria und Soraya, die ihr aufgefallen waren, als es in
einer der letzten Ethikstunden um Mobbing im Internet ging. An verschiedenen Tagen war sie unauffällig auf die Mädchen zugegangen und hatte
ein Vier-Augen-Gespräch angeboten. Alle drei wollten mit ihr sprechen,
die eine zögerlich, die andere bereitwillig, die dritte nur widerstrebend auf
den sanften Druck der Klassenlehrerin hin. Sie steckten in Schwierigkeiten, das war für die erfahrene Frau offensichtlich. Oft fehlten die Eltern
als Ansprechpartner, entweder, weil sie den ganzen Tag arbeiteten, oder
das Vertrauen ihrer Töchter verloren hatten. Vielleicht konnte sie ihnen
mit einem Gespräch helfen, das den Druck von ihnen nahm oder zumindest linderte. Man würde sehen.
Die Mittagspause verbrachte die Lehrerin mit verschiedenen Aufräumar-
beiten. Manchmal konnte sie selbst kaum glauben, wie schnell sich Papiere und Bücher, Erledigtes und Unerledigtes auf ihrem Arbeitsplatz an-
sammelten. Dazu kamen das Kopieren von Arbeitsblättern und andere
Unterrichtsvorbereitungen. Nebenbei aß sie Obst und Brote, trank Wasser
und eine Tasse heißen Kaffee. Zum Glück waren die Kolleginnen und
Kollegen entweder nach Hause gefahren, weil sie keinen Nachmittagsunterricht hatten, oder zum Essen gegangen; es war wohltuend still im Lehrerzimmer nach dem Kraft raubenden und an den Nerven zehrenden Vormittag.

Um kurz nach zwei ging sie hinüber zum Ethikzimmer, das ihr für Besprechungen am liebsten war. An zwei großen weißen Wänden waren die Arbeitsergebnisse verschiedener Klassenstufen dargestellt. Da ging es um die großen Weltreligionen und ihre Glaubensgrundsätze, um ethische Konflikte oder die Formen von Liebe. Oft blieben Schüler davor stehen und schauten sich an, was andere gearbeitet hatten. Außerdem lag dieses Zimmer etwas abseits und damit weiter entfernt vom bald wieder zu erwartenden Schüleransturm.

Tina stand schon vor der Tür. Auf dem langen Weg durch die Halle konnte Frau Kampmann ihre Schülerin schon von weitem beobachten. Sie wippte unruhig von einem Fuß auf den anderen. Den Rucksack hatte sie über die rechte Schulter geworfen, die langen Haare waren im Nacken zusammengebunden. Das Mädchen sah ihr erwartungsvoll, aber auch etwas unsicher entgegen. Beim besten Willen konnte sich Frau Kampmann nicht vorstellen, was die immer fröhliche, positiv gestimmte Tina auf dem Herzen hatte. Aber vieles blieb auch in der Schule hinter einer Fassade verborgen, bei Lehrern als auch bei Schülern.

Frau Kampmann und die Schülerin, die mit nervösen Bewegungen ihre Haare glatt strich, saßen sich an einem Tisch gegenüber.

„Also Tina, reden wir doch nicht lange drum herum", begann die Lehrerin. „Ich habe neulich in der Deutschstunde bemerkt, dass es da etwas gibt, das dir Probleme bereitet oder zumindest Fragen aufwirft. Die schwarzen Spinnen werden es sicher nicht sein. Erzähl einfach, was passiert ist."

„Gott sei Dank nichts, noch nichts", platzte es aus Tina heraus. „Aber beinahe, es ist gerade noch mal gut gegangen. Also es geht um einen jungen Mann, Martin Bogner, den ich im Internet kennengelernt habe."

„Ach? Sollte ich den auch kennen?"

„Nein, ganz bestimmt nicht. Wir haben uns auf Facebook Nachrichten geschrieben. Das tun fast alle aus unserer Klasse, alle haben Kontakte mit Leuten, die sie überhaupt nicht kennen. Da wollte ich das auch ausprobieren. Eine ganze Weile ging es so mit dem Austauschen von Alter, Aussehen, Interessen, Stars und Kinofilmen, die man mochte und all so was. Ich fand das ganz toll und war stolz auf diesen Kontakt, weil Martin schon erwachsen war, einen Beruf hatte und Geld verdiente. Er hatte einen wichtigen Posten in einer Elektrofirma."

„Einen wichtigen Posten, soso", murmelte Frau Kampmann ironisch vor sich hin, so dass Tina es nicht hörte. Das Mädchen war ganz in seine Erzählung vertieft.

„Dann hab ich ihm ein Foto von mir geschickt, leider eins im Bikini, jetzt weiß ich, dass das affenartig blöd von mir war. Sie wissen schon, gute Figur, lange, blonde Haare, Männer stehen doch auf so was. Kein Wunder, dass er mich von da an unter Druck setzte und mich unbedingt treffen wollte. Zwei Maschen ist er immer gefahren: Einerseits hat er mein Aussehen gerühmt, das ihn unheimlich anmache, andererseits mir Geschenke versprochen; eine wertvolle Uhr, Kleidung von edlen Marken und so was. Ist doch klar, dass das verlockende Angebote für ein junges Mädchen sind. Einige Wochen lang habe ich immer ‚Vielleicht' gesagt, ihn hingehalten."

„Wussten deine Eltern zu dem Zeitpunkt von dem Mann?"

„Nein, das Theater hätte mir noch gefehlt. Ich hab nichts erzählt. Meine Eltern interessieren sich nur für Noten und die Abschlussprüfung, sonst lassen sie mich machen. Sie arbeiten beide furchtbar viel. Es gibt Tage, da sehe ich keinen von beiden. Martin hat mich bestimmt für zickig gehalten, weil ich kein Date ausmachen wollte, obwohl ich verdammt neugierig war, sehr sogar."

„Und wie ging es dann weiter? Ich nehme an, du hast dich erweichen lassen."

„Ja, leider."

Tinas Kopf war nach vorne gesunken. Auf den Wangen hatten sich rote Flecken gebildet; die Hände spielten nervös mit einem Kugelschreiber. Weinte sie? So ein verzweifelter Zustand war für dieses junge Mädchen mehr als ungewöhnlich. Jetzt machte sich Frau Kampmann ernsthaft Sorgen.

„Heute kann ich überhaupt nicht mehr verstehen, dass ich so dumm gewesen bin."

Tina schüttelte den Kopf, hob hilflos die Schultern und ließ sie wieder herabsinken. Frau Kampmann schwieg standhaft, so dass die Stille im Zimmer immer dichter wurde, für Tina schwer auszuhalten war und sie wieder zum Reden zwang.

„An der verabredeten S-Bahn Station holte er mich mit seinem Auto ab, einem knallroten Porsche 911. Das beeindruckte mich zutiefst. Heute bezweifle ich allerdings, dass es sein eigener war, sondern glaube, dass er den ausgeliehen hatte, um mir zu imponieren. Der Mann gefiel mir auf Anhieb, er lächelte mich so vertrauenerweckend an und sah noch viel besser aus als auf dem Foto. Die teure Kleidung signalisierte viel Geld und Luxus. Heute kann ich mein Verhalten an dem Tag überhaupt nicht mehr verstehen. Ich war so eine verblendete, dumme Kuh. Wir wollten essen gehen, so war es ausgemacht, und uns dabei besser kennenlernen.

Wir fuhren los. Bald merkte ich, dass es immer einsamer um uns herum wurde, die Häuser immer kleiner, die Straßen immer schmaler. Martin sagte, dass mitten im Wald ein ganz tolles Feinschmeckerrestaurant liege. Spätestens da hätte ich misstrauisch werden müssen, ein feines Lokal mitten im Wald! Plötzlich hielten wir auf einem Waldparkplatz, den ich gar nicht hatte kommen sehen, er lag hinter einer Reihe von Büschen. Ehe ich einen klaren Gedanken fassen konnte, fiel er brutal über mich her. Gott sei Dank geriet ich nicht in Schockstarre, sondern schrie, was meine Stimme hergab, und wehrte mich mit Kratzen, Beißen und allem, was ich an Kraft aufbieten konnte.

Wir haben in der achten Klasse einen Selbstverteidigungskurs gemacht, das wissen Sie ja, doch das nützte mir jetzt kaum etwas, denn man sitzt in solchen Autos ziemlich niedrig, da kann man seine Füße gar nicht richtig als Waffe einsetzen.

Plötzlich riss jemand die Tür auf der Beifahrerseite auf und brüllte: Was geht denn hier ab? Ein Fremder zerrte mich aus dem Auto, so dass ich auf die Erde stürzte. Martin schmiss Mantel und Tasche hinterher, knallte die Tür zu und rauschte mit aufheulendem Motor davon. Mir wurde schlecht, es dauerte eine ganze Weile, bis ich überhaupt aufstehen konnte. Der rechte Arm und die rechte Schulter schmerzten fürchterlich. Mein Retter hatte sich schnell noch das Kennzeichen des Porsches notiert. Er war vielleicht so alt wie mein Vater und nur für eine Pinkelpause auf den Parkplatz gefahren, als er mich schreien hörte. Obwohl sein Fahrziel in entgegengesetzter Richtung lag, brachte er mich ganz bis nach Hause.

Sie können sich sicher vorstellen, wie erschrocken meine Eltern waren, als ich vor der Tür stand, ein fremder Mann neben mir und ich mit verdreckter Kleidung und verschrammtem Gesicht. Er ließ meinen Eltern die Autonummer des Porsches und seine eigenen Personendaten da, falls sie Anzeige erstatten wollten. Dann verabschiedete er sich. Ich musste dann vor meinen Eltern auspacken und alles von Anfang an beichten. Das war verdammt ekelig."

Tina griff hastig nach ihrer Wasserflasche und nahm ein paar Schlucke, auch Frau Kampmann schenkte sich aus ihrer Flasche ein Glas voll ein. Diese kleine Erholungspause tat beiden gut.

„Und wie ist der Stand heute, waren deine Eltern mit dir bei der Polizei?"

„Ja, wir haben Anzeige erstattet. Außerdem habe ich meinen Facebook Account ganz gelöscht, darauf haben meine Eltern bestanden. Es gibt auch andere Möglichkeiten, Leute kennenzulernen."

„Schön, dass deine Eltern mit dir zusammen einen guten Weg aus der Misere gefunden haben; du hast ja deine Lehren aus dem Erlebnis auch schon gezogen. Vielleicht solltest du nicht unbedingt mit anderen darüber reden, um nicht in eine hässliche Gerüchteküche zu geraten, außer mit deinen Eltern natürlich."

„Ich werde mich auf die Schule konzentrieren, das habe ich ihnen versprochen – und auf die schwarze Spinne. Frau Kampmann, das bleibt doch alles unter uns, oder?"

„Natürlich, wo denkst du hin."

Tina lächelte und stand auf.

„Auf Wiedersehen, Frau Kampmann."

„Ade, Tina."

Der Umgang mit den neuen, sozialen Medien ist nicht leicht, dachte Frau Kampmann, während Tina die Tür hinter sich schloss. Viele junge Mädchen sind naiv, von ihren Eltern in dieser Sache allein gelassen oder von Gleichaltrigen negativ beeinflusst. Tina hatte da wirklich noch einmal Glück gehabt.

Es klopfte. Auf Frau Kampmanns „Herein" schob Valeria sich durch die Tür, grüßte und setzte sich sogleich an den Tisch. Sie war, wie immer, sorgfältig zurechtgemacht. Die langen, blonden Haare glänzten seidig, tänzelten um ein perfekt geschminktes Gesicht mit schwarz umrahmten Augen. Die schlanken Beine steckten in einer engen, weißen Hose, darüber trug sie ein dunkelblaues Seidenshirt. Auch die rot lackierten Fingernägel nahm die Lehrerin kurz zur Kenntnis und konnte nicht umhin, den perfekten Aufzug ihrer Schülerin zu bewundern; dann schaute sie Valeria ins Gesicht und lächelte sie freundlich an.

„Wo drückt dich der Schuh, Valeria? Als ich neulich den Umgang mit dem Internet erwähnte, bist du ganz schön zusammengezuckt, oder habe ich das falsch gesehen?"

„Eigentlich nicht, denn ich habe da wirklich ein Problem, also eigentlich noch nicht, ich habe aber große Angst, dass da eins auf mich zukommen könnte. Ich finde es furchtbar, dass man so schnell gemobbt werden kann, dass Leute einen mit ihren Handys schlechtmachen oder auf Facebook Lügen über einen verbreiten können."

„Läuft denn da was über dich?"

„Nein, noch nicht, aber ich habe schreckliche Angst davor, auch wegen meiner Familie, meine Eltern wissen überhaupt nichts."

„Was wissen sie nicht? Du schleichst um dein Problem wie die Katze um den heißen Brei. So furchtbar wird es doch nicht sein."

„Frau Kampmann, Sie dürfen niemand davon erzählen, ganz bestimmt niemandem."

Valeria sah ihre Lehrerin beschwörend an, in ihren Augen blitzte für einen Moment Panik auf, dann hatte sich die Schülerin wieder in der Gewalt.

„Keine Sorge, Valeria, ich sage bestimmt keinem Menschen etwas. Wenn wir mit deinen Eltern reden wollen, stimmen wir beide das miteinander ab."

„Also gut, es ist Folgendes: Ich habe neben der Schule einen Job als Hostess, mache hin und wieder Begleit-Service."

Frau Kampmann zuckte innerlich zusammen, versuchte aber, sich nichts anmerken zu lassen.

„Kannst du mir das etwas genauer erklären?"

„Ich habe da eine Kontaktadresse, also keine offizielle, sondern eine private, denn ich bin ja noch keine achtzehn, aber danach fragt keiner. Ich schminke mich auch immer älter. Wenn Bedarf ist, werde ich angerufen und begleite Geschäftsreisende, meist ausländische, für ein paar Stunden am Abend zum Essen und in Bars, manchmal auch zum Tanz. Viele wollen solche Abende nicht allein in einer fremden Stadt verbringen."

„Was wird da noch so von dir verlangt? Du weißt schon, was ich meine."

Die Lehrerin sah ihre Schülerin forschend an, Valeria senkte den Blick, ein roter Schimmer huschte über das Makeup.

„Meistens ist das wirklich alles, die Männer wollen nach anstrengenden Meetings, geschäftlichen Verhandlungsrunden oder sonst was keine zusätzlichen Probleme, nur ein paar unbelastete Stunden mit netter Unterhaltung. Es kann schon mal vorkommen, dass jemand zu verstehen gibt, dass er sich noch anderes vorgestellt hat, aber da schiebe ich gleich einen Riegel vor; auch, wer mich anfasst, kriegt gleich kräftig Bescheid; das ist im Preis nicht inbegriffen, ich muss nichts, was ich nicht will. Bezahlt wird der Job sehr gut."

Kann ich mir vorstellen, dachte Frau Kampmann, daher also Valerias geschmeidiger Umgang mit Erwachsenen.

„Wo liegt also dein Problem?"

„Bei der Vorstellung, jemand, der mich kennt, könnte mich in Begleitung eines oder mehrerer Männer sehen, gerate ich oft in Panik, meistens nachts. Dann kann ich kaum wieder einschlafen. Wenn solche Nachrichten dann noch rumgeschickt werden, bist du sofort unten durch. Davon erholst du dich nie mehr."

„So würde es wahrscheinlich sein. Was sagen denn deine Eltern dazu?"

„Mein Vater arbeitet im Ausland, der ist nur selten mal zu Hause. Meine Mutter ist abends oft selbst unterwegs und kümmert sich nicht um meine Freizeitgestaltung."

Es ist doch immer wieder das Gleiche, überlegte Frau Kampmann, die jungen Mädchen werden mit den vielfältigen Gefahren modernen Lebens ziemlich allein gelassen.

„Du kennst die Risiken deines Jobs, Valeria, und musst dich entscheiden, ob du sie eingehen willst oder auf das Geld verzichtest, zumindest so lange, bis du die Schule verlassen und das richtige Alter erreicht hast; vielleicht auch irgendwo wohnst, wo dich niemand kennt; lange dauert es bis zu den Prüfungen wirklich nicht mehr."

„Ja, Überlegungen in die Richtung habe ich auch schon angestellt. Ich werde den Job fürs Erste aufgeben. Diesen Druck muss ich unbedingt loswerden, sonst kann ich mich überhaupt nicht auf die Prüfungen konzentrieren."

„Das ist bestimmt die richtige Entscheidung, Valeria. Wir sehen uns morgen in der Schule."

„Ja sicher. Ade, Frau Kampmann."

Nachdem sich die Tür hinter der Schülerin geschlossen hatte, stand Frau Kampmann auf, reckte sich und nahm noch einen Schluck Wasser. Ich muss mal ein paar Schritte tun, beschloss sie, und wenn ich nur zum Damenwaschraum gehe. Sie ging hinaus und schloss die Tür ab. Die Halle lag noch verlassen da, wenn auch nicht mehr lange, denn bald würde der Nachmittagsunterricht beginnen. Von Soraya, der letzten Gesprächspartnerin, war noch nichts zu sehen. Plötzlich trat eine Gestalt hinter einer der dicken Säulen hervor. Frau Kampmann blieb erschrocken stehen.

„Hast du mich aber erschreckt, Emma, was soll das denn?"

„Stimmt es, dass Sie gleich mit Soraya reden? Ich hab sie da draußen schon gesehen."

„Kann es sein, dass dich das überhaupt nichts angeht oder irre ich mich da?"

„Ich wollt Ihnen nur sagen, also die Soraya, die hab ich mit dem Schütt unten am See gesehen, als ich mit meiner Mutter spazieren war; da haben die bestimmt nicht über die ‚Schwarze Spinne' oder mathematische Probleme geredet, so eng wie die auf der Bank zusammen saßen, da passte kein Blatt dazwischen. Und noch etwas: der Schütt, also dass der trinkt, rieche ich manchmal meilenweit. Sie nicht auch?"

„Liebe Emma, jetzt hör mir mal zu: Als ich zur Schule ging, nannte man das, was du jetzt gerade tust, petzen, und das war damals höchst verabscheuungswürdig. Ich wette, das ist es auch heute noch. Und tschüss bis morgen."

Frau Kampmann drehte sich abrupt um und verschwand hinter der Tür des Damenwaschraums.

„Also, Soraya, viel Zeit haben wir ja nicht mehr, aber für das Wesentliche wird's hoffentlich noch reichen. Wo klemmt es denn?"

„Ich werde schnell machen, Frau Kampmann. Entscheidungen ich treffen alleine sowieso. Ich mache Job als Model und viel Geld. Probleme sind mit Herrn Schütt."

Oha, dachte Frau Kampmann, sollte Emma doch richtig liegen mit ihrer Vermutung?

„Fangen wir mal mit Punkt eins an. Worum geht es da genau?"

„Unterwäsche-Aufnahmen für Werbeblättchen, Sie verstehen? Einmal habe ich das schon gemacht, ich bekommen, bekam viel Geld. Sie wissen, meine Familie arm, sehr arm durch Umzug nach Deutschland. Nun ich soll noch einmal Aufnahmen machen. Aber ich sehr in Sorge. Man nennt das üble Nachrede, nicht wahr? Wenn mich jemand erkennen auf den Fotos, meine Eltern fallen um tot."

„So schlimm wird's schon nicht werden. Lass uns mal zusammen überlegen: Geht es nur ums Geld?"

„Ja, nur. Ich kein Taschengeld, das kann Familie nicht geben."

„Hm. Also wenn ich in deiner Situation wäre, würde ich diese Art von Geldverdienen bis nach den Prüfungen verschieben und dafür lieber auf kostenintensive Vergnügen und Anschaffungen verzichten. Dann hast du den Kopf frei fürs Lernen. Es dauert kaum mehr als ein halbes Jahr bis zu den Abschlussarbeiten, Soraya."

„Vielleicht das ist richtig auch für anderes Problem, Frau Kampmann. Ich es lieber gleich sagen: Ich in Herrn Schütt verliebt, und er in mich."

Eins zu null für Emma, dachte Frau Kampmann. Auch das noch. Dass sich Schülerinnen in ihre Lehrer verlieben, hatte sie in ihrer langen Lehrerinnenlaufbahn schon oft erlebt. Da kann das Makeup nicht aufwendig, der Pullover nicht eng, die Hose nicht sexy genug sein; es wird mit hochroten Wangen gekichert oder mit schriller Stimme gelacht, sobald sich das Objekt der Schwärmerei nähert; harmloses Pubertätsgehabe. Kritisch wird es, wenn der umgekehrte Fall eintritt, sich Lehrer in Schülerinnen verlieben. Das geht gar nicht. Sie würde mit Arno Schütt ein ernstes Gespräch führen müssen.

„Du hast Recht, ich denke wirklich, hier gilt das Gleiche: Wenn ich du wäre, Soraya, würde ich sowohl Problem eins als auch Problem zwei für die Zeit aufschieben, wenn die Schule vorbei ist. Gute Noten als Ausgangsbasis für Job und Geld musst du dir jetzt erarbeiten, für Liebe und anderes hast du noch ein Leben lang Zeit."

Eine Weile blieb es still im Zimmer, Lehrerin und Schülerin hingen ihren Gedanken nach. Immer mehr Stimmen waren vom Flur her zu hören, die mittägliche Stille war vorbei. Jetzt läutete es zum Nachmittagsunterricht, Frau Kampmann stand auf, Soraya ebenfalls.

„Danke für Gespräch, Frau Kampmann, ade."

„Mach's gut, Soraya, bis morgen."

Wie sich die Probleme ähneln, überlegte Frau Kampmann, während sie das Ethikzimmer abschloss und hinüber zum Lehrerzimmer ging. Sie musste lächeln, als sie kurz in die Vergangenheit abtauchte und sich als Sechzehnjährige vor ihrem Lateinlehrer sitzen sah, mit glänzenden Augen und fiebrigen Wangen. Waren sie nicht alle verliebt gewesen in den sportlichen, gut aussehenden Mann? Dazu noch Ovids „ars amandi", in den Lateinstunden brodelten die Gefühle.

Meine hübschen Mädchen! Das Leben, oder was sie dafür hielten, zerrte mit ziemlicher Macht an ihnen; es war oftmals schwierig für sie, die mit ihrer Attraktivität verbundenen Gefahren zu erkennen und einen sicheren Kurs durch die Unerfahrenheit ihrer Jugendjahre zu steuern, besonders, wenn sie vergeblich nach Hilfe Ausschau hielten. Ein halbes Jahr noch!

Der Arbeitstag heute war noch nicht zu Ende. Frau Kampmann hatte mit Herrn Busse verabredet, an diesem späten Nachmittag Peter im Krankenhaus zu besuchen. Ein ungutes Gefühl beschlich sie, denn der Vater hatte angedeutet, dass es seinem Sohn sehr schlecht gehe, die Therapie schlüge nicht so an, wie sie sollte.

Zwei Ärzte, die Peter behandelten, hatten für den Lehrerrat in drei Tagen ihren Besuch angesagt. Als sie ihren Wagen startete, rätselte Frau Kampmann immer noch, was das zu bedeuten hatte, was die Ärzte in der Konferenz wollten.

Ein paar Tage später, am Abend nach dem Ärzteauftritt würde sie ihrem Mann berichten, dass die Fachleute Peters Krankheit detailliert dargestellt hätten und dass viele Kollegen und sie auch danach sehr bedrückt gewesen seien. Es stand schlimm um Peter.

Bevor das Auto auf die Straße einbog, erkannte sie aus den Augenwinkeln ihre Schüler Fritz und Hannes auf einer Bank im Hof. Die Jungen winkten ihr zu, sie winkte kurz zurück. Auch so ein Duo, das mehr Aufmerksamkeit von ihr verlangte, dachte Frau Kampmann, doch nun war erst einmal Peter dran.

Als sie das Auto auf der Bundesstraße beschleunigte, konnte sie nicht ahnen, dass dies ihr letzter Besuch bei Peter werden würde.

16

„Da fährt die Kampmann ins Krankenhaus, Peter besuchen. Dass es dem so schlecht geht, das ist schon saublöd."
Nachdenklich sahen die Jungen dem Auto hinterher.
„Du, ich hab was mitgebracht."
„Wasn?"
Hannes und Fritz hatten sich auf dem Schulhof auf die hinterste Bank zurückgezogen, hinter der sie dichtes Gestrüpp von der Straße abschirmte. Spatzen und Meisen lärmten in den Zweigen. Obwohl der Nachmittag bereits zu Ende ging, war es noch sommerlich warm.
Betont langsam griff Fritz in seinen Rucksack, während Hannes ihm gespannt zusah. Dann zog er etwas Weißes, Langes, Dünnes, das heftig hin und her schlingerte, mit einem Ruck daraus hervor und warf es Hannes in den Schoß. Mit panischem Schrei sprang der Junge auf, wehrte das vermeintliche Untier mit wilden Schlägen in die Luft ab und sah erstarrt zu, wie sein Freund das Ungeheuer am Schwanz packte und wieder zu sich her zog. Er hielt es Hannes vors Gesicht.
„Jetzt bleib mal flauschig, Mann, die Schlange ist doch nur echt Plastik."
Hannes beruhigte sich langsam und setzte sich vorsichtig wieder hin, den Blick fest auf das weiße Tier gerichtet, über dessen Rücken ein fein gezeichnetes, graues Muster lief. Die Augen schimmerten grünlich und leuchteten auf, wenn ein Lichtstrahl sie traf, aus dem Maul hing eine dünne, gespaltene Zunge.
„Ich hab dir doch davon erzählt, dass ich die hab. Haste das wieder vergessen? Fragt sich nur noch, wen wir damit erschrecken, eine der Lehrerinnen, die immer so überlegen tun, aber wahrscheinlich beim Anblick einer Maus mit irrem Gekreisch auf den nächstbesten Stuhl springen. Oder wir erfreuen unsere speziellen Freunde im Frankschen Dunstkreis, sozusagen als kleine Vorübung für den großen Schlag."

Fritz rutschte ganz nah an Hannes heran und legte ihm die Schlange behutsam auf die Beine. Der erstarrte wieder zu Stein und stierte hypnotisiert auf die täuschend echte Plastikhaut. Obwohl, wenn er ehrlich war, dachte Hannes, konnte man bei längerem Hinsehen die Künstlichkeit schon erkennen, aber auf den ersten Blick … Hannes schauderte.

„Nimm das weg, Fritz."

„Jetzt hab dich nicht so, Alter, ist doch nicht echt, aber gut, nicht? Wenn ich mir die Schwab oder Kahl vorstelle, die kriegen gleich nen Herzinfarkt. Doch so ne Plastikschlange ist nichts im Vergleich zu einer richtigen Pistole, das ist schon klar; die zeig ich dir demnächst. Da muss ich den richtigen Zeitpunkt abpassen, damit meine Mutter nichts merkt. Dagegen ist diese hier nicht mehr als eine Spielerei."

Fritz streichelte das Wesen, als ob es ein echtes Tier sei. Hannes lief es wieder kalt über den Rücken. Der Freund blickte sich kurz um, rückte ganz nah an Hannes heran und senkte seine Stimme bis zum Flüstern.

„Wir müssen uns dann woanders treffen, wenn ich dir die Pistole zeigen soll, der Schulhof ist zu unsicher. Ich schlage die Schutthalde hinter der Neubausiedlung vor, da ist meistens kein Mensch. Manchmal, aber eher selten, heizen da einige von uns und aus der Parallelklasse mit ihren Mountainbikes durch die Gegend, dann haben wir Pech gehabt. Jedenfalls kommt man bequem mit dem Fünfer hin."

Fritz stopfte seine Schlange wieder in den Rucksack, Hannes atmete erleichtert auf. Sie waren gerade aufgestanden und hatten ihre Rucksäcke auf den Rücken geworfen, als es im Gestrüpp raschelte. Ehe sie überhaupt eine Überlegung anstellen konnten, was die Geräusche und die Schatten hinter ihnen zu bedeuten hatten, wurden sie zurückgerissen, blitzschnell wurden ihnen die Hände auf den Rücken gedreht. Hannes gab einen schmerzerfüllten Laut von sich.

„Ah, unser Bübchen meldet sich, hast wohl aua?"

Frank sprang aus dem Gebüsch und baute sich mit teuflischem Grinsen vor Hannes auf, dem sogleich Tränen in die Augen schossen. Trotzdem kniff er die Lippen zusammen und sagte nichts. Mit dünnen Seilen banden Franks Helfer den beiden Jungen die Hände auf dem Rücken unterhalb der Rucksäcke zusammen, während Frank mit einem fiesen Lächeln breitbeinig vor ihnen stand. Fritz und Hannes erkannten in seinen Handlangern einige ihrer Klassenkameraden. Bei ihrem Anblick geriet Fritz außer sich vor Wut.

„Ihr feigen Hunde, mit so vielen über zwei herfallen, ihr seid ja total durch. Das ist ja die allerletzte Shitshow, die ihr hier abzieht."

Verächtlich spuckte er Frank vor die Füße, kassierte einen Schlag ins Gesicht und einen Stoß in den Rücken, so dass er zu Boden fiel, direkt aufs Gesicht, da er sich mit den gefesselten Händen nicht abfangen konnte. Geschockt starrte Hannes auf die blutigen Schrammen in Fritz' Gesicht.

„Meinem süßen Hannes werde ich natürlich nichts tun, denn er soll doch so hübsch bleiben, der kommt ein andermal und anders dran."

Zärtlich strich er mit einem Finger über dessen Wange, Hannes wurde es übel, er riss seinen Kopf zur Seite. Franks Lächeln wurde noch eine Spur hinterhältiger, bei seinen Kumpanen gluckste es hier und da verhalten, bis Franks böser Blick sie schlagartig verstummen ließ. Mit schnellem Griff riss einer die Schlange aus dem Rucksack von Fritz, ganz offensichtlich hatten sie die beiden Freunde schon eine Zeitlang beobachtet und belauscht.

„Was haben wir denn da für ein hübsches Spielzeug? Gerade richtig, um den Weibern mal eins auszuwischen, das passt."

Frank hob die Plastikschlange am Schwanzende hoch und schwenkte sie vor Hannes' entsetzten Augen, was den Boss zu höhnischem Gelächter veranlasste.

„Nichts für mein zartes Bübchen, was? Los jetzt!"

Einer riss Fritz wieder hoch, der sich etwas benommen auf die Bank gesetzt hatte. Unter dem Jackenärmel blitzte für einen kurzen Moment die Uhr hervor. Frank griff nach Fritz' Handgelenk.

„Meine Fresse, du hast vielleicht eine tolle Uhr. Bist wohl unter die Millionäre gegangen? Die könnte ich gerade gut gebrauchen. Her damit."

Zwei hielten Fritz fest, während Frank ihm die Uhr herunterriss. Fritz wehrte sich mit aller Kraft, doch gegen zwei kam er nicht an.

„Du Schwein", tobte er, „du bist das größte Miststück auf dieser Welt, dich mach ich kalt, das schwör ich dir."

Die Jungen wieherten boshaft und stießen ihre Gefangenen vorwärts.

Frank grinste hämisch.

„Schnauze, du Minusmensch. Ich weiß ein gemütliches Plätzchen für euch beide zum Übernachten."

Die Gefolgsleute grinsten, hielten Hannes und Fritz an den Armen fest und zogen sie zur Rückseite des Schulgebäudes, wo sich die Eingänge zur Tiefgarage, verschiedenen Geräteräumen und Heizungskellern befanden.

Hilfesuchend blickte sich Hannes nach allen Seiten um; warum nur war ausgerechnet jetzt kein Mensch hier unterwegs? Es war wie verhext. Die Angreifer hatten ihre beiden Gefangenen in die Mitte genommen und verbargen deren gefesselte Hände; sie redeten und lachten miteinander, so dass es aussah, als ob eine fröhliche Jungengruppe zu einem bestimmten Ziel, etwa dem Sportunterricht, unterwegs war. Möglichst unauffällig testeten sie, welche Tür nicht abgeschlossen war. Es war die zum Heizungskeller.

„Da hinein! Und Klappe halten. Wenn ihr auch nur einen Ton von euch gebt, bring ich euch um, ich schwör' s."

Schnell rissen einige die Tür auf, Frank stieß die beiden hinein und ließ die schwere Eisentür ins Schloss schnappen. Schlagartig war es still.

Drinnen herrschte diffuses Licht, einige Lämpchen und diverse Anzeigen an Geräten verbreiteten kreisförmige Lichtschimmer. Ziemlich warm war es auch.

Hannes war gestolpert und buchstäblich in das Dunkel hineingefallen. Mühsam rappelte er sich wieder hoch.

„Wir müssen suchen, wo wir uns hinsetzen und beratschlagen können, was wir tun. So eine Scheiße. Ich knall die ab, alle, das sag ich dir, die haben nichts anderes verdient, diese Rambos, die haben ja alle einen Webfehler …"

Fritz redete sich in Rage mit allen Schimpfwörtern, die ihm gerade einfielen. Inzwischen hatte Hannes versucht, sich zu orientieren, etwas zu erkennen.

„Komm, lass uns da rüber gehen. Ich glaube, da liegt etwas, da können wir uns vielleicht draufsetzen und nachdenken, was wir tun müssen. Deine Schimpferei bringt gar nichts."

Die Heizungsanlage brummte gleichmäßig vor sich hin. Mit vorgestreckten Füßen tasteten die beiden sich an der Wand entlang, bis sie über grobe Jutesäcke stolperten, die an der Wand lagen. Mit Rücken und Rucksack rutschten sie an der Wand hinunter, bis sie auf den Säcken landeten. Langsam gewöhnten sich die weit aufgerissenen Augen an das Halbdunkel, sie erkannten die Umrisse großer Kessel, unter der Decke entlang laufende Rohre unterschiedlicher Stärke, verschiedene Messgeräte.

„So, und was nun, sollen wir hier etwa vermodern? Irgendwo muss doch ein Lichtschalter sein. Aber mit gefesselten Händen …"

Hannes' Stimme bebte, bekam wieder einen weinerlichen Anstrich, es fehlte nicht viel und er würde zu heulen anfangen, so schien es Fritz.

„Hakuna Matata, alles wird gut."

Fritz versuchte seiner Stimme einen munteren Anstrich zu geben.

„Wahrscheinlich direkt neben der Tür, durch die wir so vornehm hereinspaziert sind. Die Augen gewöhnen sich schon an das Zwielicht, nachher gucke ich nach dem Schalter.

Jetzt sollten wir unseren grauen Zellen ein bisschen Futter verschaffen, damit wir besser denken können. Dreh mir mal den Rücken zu."

„Äh was? Wieso?"

„Wenn wir Glück haben, bestand unser Überfallkommando aus peinlichen Anfängern. Ich versuch mal, mit den Zähnen die Fessel aufzureißen."

Nach mehreren Versuchen schaffte es Fritz, die Schnur zu lockern, so dass Hannes eine Hand herausziehen konnte. Bald war auch Fritz befreit. Erleichtert ließen sie die Rucksäcke hinuntergleiten.

„Na also, Kinderspiel. Und jetzt: Simsallabim, der Rucksack geht auf. Jetzt gibt's was zu futtern, da wett ich drauf."

Der mit seinen Sprüchen, dachte Hannes, das geht mir manchmal wirklich auf die Nerven.

Nach mehr oder weniger blindem Suchen in den Tiefen seines Rucksackes zog Fritz ein Paket heraus und wickelte es aus.

„Voilá! Bei uns zu Hause gab es heute ne Mafiatorte, und da hab ich uns zwei Stücke abgezweigt. Von irgendwas muss der Mensch ja leben."

Ein zarter Duft stieg Hannes in die Nase, und er spürte, dass er nagenden Hunger hatte. Dass die Pizzastücke leicht angematscht waren, spielte in dieser Situation keine Rolle. In seinem eigenen Rucksack befand sich eine noch halbvolle Trinkflasche. Sie schwiegen, aßen und tranken. Von draußen war kaum mehr als das Rauschen der Straße zu hören, was sie sich ihrer eigenen bedrückenden Situation bewusst werden ließ; Hannes druckste eine Weile herum.

„Fritz, glaubst du, dass wir hier drinnen übernachten müssen? Können wir nicht einfach auf die Straße gehen und weglaufen? Die Tür ist doch offen. Glaub ich jedenfalls."

„Und wenn da welche von den Eierköpfen stehen und uns zusammenschlagen? Vor Mitternacht haben wir null Chance. Wir haben's doch sehr gemütlich hier; und morgen brauchen wir dann nicht in die Schule."

„Aber meine Mutter …"

Hannes schluckte.

„Genau. Die wird schon dafür sorgen, dass wir gesucht werden. Jetzt lass uns mal ne Weile relaxen."

Sie streckten sich aus und schoben ihre Rucksäcke unter die Köpfe.

„Brauchst die Augen gar nicht erst zuzumachen zum Schlafen, ist doch sowieso dunkel, haha!"

Hannes antwortete nicht. Der immer mit seinen Scherzen. Bald hörte er nur noch ein leises Schnarchen, untermalt von diffusen Straßengeräuschen. Wie würde das alles enden? Hannes sehnte sich nach seinem Zuhause und nach seiner Mutter, wie er sich wohl oder übel eingestehen musste. Ob sie gleich die Polizei informiert hatte und Frau Kampmann? Ob man schon nach ihnen suchte? Er hatte überhaupt keine Vorstellung, wie spät es inzwischen war. Und die Uhr von Fritz war auch weg. Frank war so unglaublich gemein! Hannes fröstelte, er zog seinen Anorak dichter um sich. Wenn es hier nicht irgendwo eine Toilette gab, hatte er bald ein Problem.

Er sehnte sich nach Jussi, vermisste sein fröhliches Gezwitscher, wenn er morgens die Decke vom Käfig wegzog. Nein, der lebte ja nicht mehr; kaum wusste er noch, warum er seinen kleinen Vogel eigenhändig getötet hatte. War er ein schlechter Mensch, ein Mörder sogar? In diesem Moment bereute er jedenfalls seine Tat bitterlich. Ein Held wie ein Jedi-Ritter zu sein erschien ihm auf einmal nicht mehr erstrebenswert, weit lieber hätte er seinen lieben, fröhlichen Jussi zurück. Und sein Zimmer mit Schreibtisch und Käfig, mit den gebastelten Schiffen auf den Regalen. Und die Musikanlage. Und Mozart.

17

„Gibt's hier irgendwo Kreide?"
Suchend sah sich Frau Schwab im Klassenzimmer der 10b um. Sie wollte
französische Vokabeln an die Tafel schreiben. Die angespannte Stimmung,
die erwartungsfrohen oder feixenden Schülermienen nahm sie, völlig auf
die Suche nach Kreide fixiert, nicht zur Kenntnis.
„In der Tischschublade ist bestimmt welche."
Einige Übereifrige fuchtelten mit den Händen in der Luft herum, andere
deuteten auf die Schublade im Lehrertisch, die Frau Schwab mit wenigen
Schritten erreichte; sie zog die Schublade auf – und sprang mit einem gellenden Schrei zurück. Abwehrend riss sie die Arme vors Gesicht, als ob
der Teufel persönlich sie anspringen wollte. Die Klasse brach in Gelächter
aus, einige brüllten vor Begeisterung und trommelten auf den Tisch, ein
paar Mädchen kicherten. Aus dem zu engen Gefängnis befreit, ringelte
sich eine weiße Plastikschlange täuschend echt auf die Tischplatte, bis sie
nach wenigen Sekunden bewegungslos liegen blieb. Frau Schwab stand
wie angenagelt, mit blassem Gesicht, in das nur langsam die Farbe zu-
rückkehrte. Die versteinerte Miene verhieß nichts Gutes.
„Frau Schwab, können Sie uns sagen, zu welcher Gattung sie gehört?",
fragte Emma mit scheinheiligem Augenaufschlag.
„Nein, kann ich nicht und will ich nicht. Räumt die weg, aber sofort."
Frank Reichert stand auf und kam, Hände in den Hosentaschen, mit lässi-
gen Schritten nach vorne geschlendert.
„Ist doch bloß Plastik, Frau Schwab. Wie kann man nur solchen Schiss
haben."
Er fasste die Schlange am Schwanzende und schlenkerte sie vor den Au-
gen der Lehrerin und der Schülerinnen hin und her. Einige Mädchen wi-
chen kreischend zurück, die Jungen lachten lauthals, die Ordnung war in
Auflösung begriffen.
„Nein, warte, ich behalte das Corpus Delicti."

Unter größter Überwindung und mit spitzen Fingern fasste Frau Schwab den Plastikkörper an, stopfte ihn in ihre Tasche und zog den Reißverschluss zu.

„Das was? Ich denke, das ist ne Schlange."

Unverschämt starrte ihr der Schüler ins Gesicht.

„Frank Reichert, da du schon von den einfachsten Französischvokabeln keine Ahnung hast, ist es völlig klar, dass du erst recht kein Latein verstehst. Das Eine verspreche ich dir: Das hier wird noch so ein Nachspiel für dich haben, dass du dein Leben lang daran denken wirst. Et maintenant, parlez francais, s'il vous plait."

„Kolleginnen und Kollegen, ich bitte kurz um Ihre Aufmerksamkeit."

Sogleich erstarben sämtliche Gespräche im Lehrerzimmer, die Blicke aller Anwesenden wandten sich Herrn Ossowsky zu, der zu Beginn der großen Pause den Raum betreten hatte.

„Ich möchte Sie auf ein Problem hinweisen, mit dem wir uns, das ist jetzt schon klar, in einer der kommenden Konferenzen ausführlich befassen müssen. Immer häufiger tauchen auf unserem Schulcomputer und auch auf privaten, wie ich gehört habe, Mails auf, die Lehrer verunglimpfen, um es milde auszudrücken. Auch auf Facebook gibt es entsprechende Einträge, die unter Schülern schneller herum sind als wir denken können. Und Sie können sich vorstellen, wir erfahren deren Inhalte als Letzte. Niemand von uns kann sicher sein, nicht als nächster im Netz beschimpft zu werden. Die Anonymität der Schreiberlinge öffnet Beleidigungen von Lehrern, Schülern, Eltern jede Tür. Diese Unsitte ist nach unserer Erkenntnis brandneu, aber wo sie hinführen wird, können wir uns heute noch nicht vorstellen. Bitte versuchen Sie auf Ihre Schüler im Sinne von Unterlassung einzuwirken."

Gernot Timm war abwechselnd blass und rot geworden, was außer Frau Kampmann vielleicht auch andere Kollegen gesehen hatten. Sie hatte den Eindruck, dass die Rede des Schulleiters bei ihm ins Schwarze getroffen, dass auch er entsprechende Mails erhalten hatte. Was das wohl für ein Problem war, mit dem er sich herumschlug und das das Interesse der

Schüler geweckt hatte, wovor konnte er sich so fürchten? Ob sie ihn ansprechen sollte? Schließlich unterrichtete Kollege Timm auch in ihrer Klasse. Und sie selbst, hatte sie nicht auch schon Mails auf dem Bildschirm gehabt, in denen sie mit Vorwürfen überhäuft wurde? Von Einmischung in die ureigenen Angelegenheiten der Schülerinnen war die Rede und davon, dass deren Freizeitgestaltung sie überhaupt nichts angehe, dass sie die Mädchen gegenüber den Jungen bevorzuge, dass sie einige Schüler auf dem Kieker habe. Noch konnte sie solche Beschuldigungen an sich abgleiten lassen und sah keine Veranlassung, darauf zu reagieren, hatte sie doch sowieso schon genug Arbeit; aber wie lange noch konnte sie so tun, als ob sie das nichts anginge?

Bevor sie mit ihren Überlegungen zu Ende war, meldete sich Frau Schwab zu Wort.

„Ich habe auch noch ein Problem. Bitte sehen Sie alle kurz mal her."

Blitzschnell drehte sie ihre Lehrertasche über ihrem Tisch um. Eine weiße, lange Plastikschlange ringelte sich auf den Papieren der Lehrerin quer über den Tisch. Frau Liebermann stieß einen spitzen Schrei aus, Margot Schuler legte schnell die Hand auf den Mund, Herr Timm und Herr Schütt lächelten süffisant.

„Die habe ich in deinem Klassenzimmer, liebe Edith, aus der Schublade gezogen, als ich auf der Suche nach einem Stück Kreide war. Sicher liege ich nicht ganz abseits mit meiner Vermutung, dass unser allseitiger Lieblingsschüler Frank Reichert mir diesen Streich gespielt hat in der Absicht, mich zu erschrecken, was allerdings nicht geklappt hat. So leicht bin ich nicht ins Bockshorn zu jagen."

Edith Kampmann schwieg. Später am Abend würde sie ihrem Mann von dem Vorfall berichten, den ihr einige Schüler brühwarm in der Pause nach dieser Französischstunde erzählt hatten, als sie Aufsicht führte; deren Version hatte sich ganz anders angehört.

„Frau Schwab, seien Sie bitte vorsichtig mir Verdächtigungen, so lange Sie keine Beweise haben. Wie Sie mit diesem in meinen Augen harmlosen Streich umgehen, liegt ganz in Ihrem Ermessen, aber zu große Geschütze sollte man sicher nicht auffahren, da haben wir ganz andere Probleme", bemerkte der Schulleiter.

Die Augen der Französischlehrerin Schwab funkelten.

„Harmloser Streich? Ich habe fast einen Herzinfarkt beim Aufziehen der Schublade bekommen."

Empört blitzte Kollegin Marion Kahl in die Runde, in ihre Wangen stieg eine hektische Röte, Tendenz zunehmend. Einige Kollegen schüttelten ihre Köpfe, andere grinsten verstohlen oder verdrehten die Augen, niemand zeigte Interesse an ihrer Aufregung. Der Gong schlug an.

„Über den Fall der eingesperrten Schüler Hannes Friedmann und Fritz Bauer sprechen wir in der großen Pause. Die Übeltäter tragen bekannte Namen. Ich bitte dann Frau Kampmann und die in ihrer Klasse unterrichtenden Lehrer zu mir ins Direktorat. Danke, Kolleginnen und Kollegen, bitte übernehmen Sie Ihre Klassen."

„Weiß jemand etwas von Kemal? Gestern hat er doch auch schon gefehlt."
Fragend blickte Frau Kampmann ihre Schülerinnen und Schüler an, die, wie immer im Ethikzimmer, in einem großen Kreis hinter ihren Tischen saßen. Alle blieben stumm, niemand hatte Kontakt zu dem älteren Mitschüler.

„Dann werde ich heute Nachmittag versuchen, ihn zu erreichen. Außerdem möchte ich euch von meinem Besuch bei Peter berichten."
Die Schüler blickten sie schweigend und fragend an. Frau Kampmann konnte in ihren Augen eine Mischung aus Angst, Hoffnung und Unsicherheit lesen. Sogar Emma verkniff sich jede Bemerkung, was kein gutes Zeichen war, vielleicht wusste sie auf Grund nachbarschaftlicher Informationen wieder mal mehr als die anderen.

„Leider geht es ihm gar nicht gut. Über eure Briefe hat er sich zwar sehr gefreut, das habe ich ihm angesehen, aber eine Antwort könnt ihr nicht erwarten, dazu ist er zu schwach. Ich habe einfach bei ihm gesessen und aus der Schule erzählt, was mir so einfiel, bin aber bald wieder gegangen, damit es nicht zu anstrengend für ihn wurde. Im Lehrerzimmer wurde mitgeteilt, dass Peters behandelnder Arzt demnächst in die Schule kommt und uns, mit dem Einverständnis seines Vaters natürlich, ausführlichere Informationen zu seiner Krankheit gibt, davon werde ich euch dann berichten."

Noch immer sagte niemand etwas, selbst Frank und seinen Kumpanen fielen in dieser Situation keine unangebrachten Bemerkungen ein. Frau Kampmann schaute in lauter bedrückte Gesichter. Die Stille im Klassenzimmer wurde durchlöchert von den gewohnten Geräuschen aus der Pausenhalle und vom Schulhof: Getrappel von Schuhen, Kinderstimmen, Straßengeräusche, Vogelgezwitscher. Hier drinnen jedoch wehte ein Hauch von Tragik, der nur schwer zu ertragen war. Sterben und Tod hockten in den Ecken des Klassenzimmers und warteten auf ihren Auftritt.

Das Beste war wohl, zum gewohnten Schulalltag zurückzukehren, überlegte Frau Kampmann; in schwierigen Situationen taten vertraute Unterrichtsrituale allen gut, auch ihr selbst als Lehrerin; das wusste sie aus jahrzehntelanger Erfahrung.

„Seit zwei Stunden beschäftigen wir uns mit dem Thema ‚Liebe'. Wir haben zusammen getragen, in welchen Lebensbereichen man von Liebe spricht, was darunter von Menschen in verschiedenen Regionen der Welt verstanden wird. Dazu haben wir eine Reihe von Texten gelesen. Heute geht es um sexuelle Vielfalt, das Thema habt ihr ausdrücklich gewünscht, und deshalb hoffe ich, dass wir es mit der nötigen Ernsthaftigkeit bearbeiten können."

Fest behielt Frau Kampmann diejenigen Kandidaten im Blick, von denen anzügliche Bemerkungen am ehesten zu erwarten waren. Sie würde nicht zulassen, dass jemand ein so heikles und doch notwendiges Thema ins Lächerliche oder Ordinäre zog.

„Tragen wir doch einmal zusammen, zunächst ruhig noch ungeordnet, was alles zu diesem Bereich gehört. Stichworte zu notieren wäre hilfreich. Tatjana und Lena, ihr übernehmt bitte die Gesprächsführung, notiert die Redner in der Reihenfolge der Meldungen."

Die Stunde nahm ihren Lauf. Frau Kampmann konnte sich zurücknehmen, die Mädchen brachten die lebhafte Diskussion souverän über die Runden. Als der Gong das Ende der Arbeit ankündigte, war das weiße Papier auf dem Flipchart Ständer übersichtlich bestückt mit farbigen Karten, die sauber und leserlich beschrieben waren. Frau Kampmann war mit dem Ergebnis der Stunde zufrieden. Nach dem traurigen Beginn war es doch noch zu fruchtbarer Arbeit gekommen.

Als die Jugendlichen das Klassenzimmer verlassen hatten, schloss sie ab und machte sich auf den Weg zum Lehrerzimmer. In der Halle wuselte es von Schülern. Aus den Augenwinkeln bemerkte sie ihre Schüler Hannes und Fritz im Gang zu den Toiletten, wo der Aufenthalt eigentlich verboten war. Sie tuschelten miteinander und warfen verstohlene Blicke hinüber zu ihrer Klassenlehrerin. Doch nach tadelnden Worten und Strafe war ihr überhaupt nicht zumute, bei Hannes und Fritz schon gar nicht.

„Na, Emma, was gibt es denn? Musst du dich nicht Richtung Physiksaal bewegen?"

Emma hatte den Pulk ihrer Kameradinnen verlassen und ging neben ihrer Klassenlehrerin her.

„Ich geh gleich. Die Sache mit dem Schütt und Soraya geht mir nicht aus dem Kopf. Ich hab die abends auf einer Bank am See gesehen. Wie so ein richtiges Liebespaar haben die da gesessen, er mit seinem Arm auf der Lehne hinter ihr und so. Das ist doch nicht in Ordnung, oder? Lehrer und Schülerin, sie ist ja noch minderjährig und abhängig; wenn ich richtig informiert bin, ist so eine Beziehung strafbar. Da müssen Sie etwas unternehmen, oder etwa nicht?"

Frau Kampmann war stehengeblieben.

„Bist du sicher, dass dich das etwas angeht, Emma? Ich kenne deine Einstellung zu Recht und Gerechtigkeit, sie ist lobenswert, aber eine Einmischung in die Angelegenheiten anderer hat eine andere Dimension. Wenn es etwas zu tun gibt, werden wir das tun, darauf kannst du dich verlassen, okay?"

„Übrigens, ich weiß auch, wer Hannes und Fritz eingesperrt hat. Das waren Frank und seine Clique. Einer von denen hat mir das gesagt, weil dem die beiden Leid taten. Aber gegen Frank anzugehen traut sich ja keiner, auch kein Lehrer."

Provozierend sah Emma Frau Kampmann an; diese ließ Emma wortlos stehen und schloss die Tür des Lehrerzimmers hinter sich.

„So eine Sauerei, ich knall die ab, ich schieß die auf den Mond, ich ich ich …"
Fritz ging der Atem aus. Mit hochrotem Kopf und nach Luft schnappend stand er neben Hannes, dem die Tränen in den Augen standen. Die Mundwinkel zitterten. Er ließ die Schultern hängen und hielt sich krampfhaft an seiner Jacke fest, aus der er wieder einmal, und doch völlig überraschend, einen Zettel gezogen und Fritz gerade unter die Nase gehalten hatte. Der starrte darauf und las den Satz immer wieder:

Hallo Pussy, du bist so süß, ich warte auf dich, eines Tages bist du mein, und dann ...
Wenn ich dich ansehe, gehe ich ab wie eine Rakete ...

„Das hört doch nie auf. Bis wir die Schule verlassen, sind es noch mehr als sechs Monate, wie soll ich das durchstehen?"
Hannes weinte lautlos, Tränen liefen ihm über das Gesicht.
„Was sollen wir bloß tun?"
Fritz legte seine Hand auf Hannes' bebende Schulter.
„Hör auf zu heulen, Hannes, davon wird nichts besser. Wir müssen uns was überlegen. Den Zettel könnten wir zur Kampmann bringen oder gleich zum Schulleiter. Dann fliegt der von der Schule, schneller, als er denken kann."
„Und wie willst du beweisen, dass Frank den geschrieben hat?", fragte Hannes leise und schniefte. „Der hat seine Schrift verstellt."
„Das weiß doch jeder, dass der schwul ist. Frag Emma."
Hannes schüttelte mutlos den Kopf.
„Die Kampmann meint es ganz bestimmt gut, aber bis da etwas passiert, habe ich noch drei Zettel in der Tasche. Das halte ich nicht aus."
Der Gong zur nächsten Stunde hallte durch alle Flure, die Schülerinnen und Schüler strebten in die Klassenzimmer. Fritz knirschte vor Wut mit

den Zähnen und rollte mit den Augen, Hannes zog ein Taschentuch aus dem Rucksack und putzte sich die Nase. Fritz fasste ihn ganz fest am Arm.

„Ich bring die Pistole mit, sobald ich kann. Dann überlegen wir uns was. Kein Wort zu niemandem, Hannes, hörst du? Kein Wort!"

Gott sei Dank regnete es nicht.

Frank hielt sich außerhalb des hellen Lichtkreises, den die Bars erzeugten und in dem Angebot und Nachfrage auf dem Markt der käuflichen Liebe verhandelt wurden. Es war ein reges Kommen und Gehen, leises Gelächter und Getuschel. Auf keinen Fall wollte er vorzeitig gesehen und erkannt werden. Angestrengt starrte er auf die Neuankömmlinge, um den Auftritt, auf den er wartete, nicht zu verpassen. Das Warten war ätzend, und selbst wollte er ja auch noch ins Geschäft kommen, die Zeit verrann schnell.

Da war sie! Mit schnellen Trippelschritten auf den hohen Pumps, tanzenden Locken um das geschminkte Gesicht und mit derselben Handtasche über dem Arm steuerte sie auf eine der hell erleuchteten Türen zu. Frank trat aus dem Schatten und machte mit seinem Handy schnell ein Foto, dann eilte er auf die Schöne zu, inbrünstig hoffend, dass er sich nicht geirrt hatte, das wäre mehr als peinlich.

„Guten Abend, Herr Timm, welch eine Überraschung, Sie hier zu sehen."

Abrupt blieb die Blonde stehen und starrte Frank an.

„Frank Reichert, was tust du denn hier?"

Sogleich biss sich Gernot Timm auf die Lippen, denn im selben Moment wurde ihm klar, dass er sich hatte überrumpeln lassen. Natürlich hätte er erstaunt tun und jegliches Erkennen abstreiten müssen. Nun war es zu spät. Frank grinste hinterhältig, zufrieden hatte er das indirekte Eingeständnis Gernot Timms zur Kenntnis genommen, dass sich hinter Perücke und Pumps der bekannte Lehrer verbarg.

„Außerhalb der Schule kann natürlich jeder seine Zeit verbringen, wie er möchte, auch ein Lehrer. Trotzdem bin ich nicht wenig überrascht, Sie ausgerechnet hier zu treffen, einen Tennisclub gibt es hier ganz bestimmt nicht."

Der Lehrer hatte sich vom ersten Schrecken erholt. Er entschied sich dafür, seinerseits zum Angriff überzugehen.

„Ganz meinerseits, Frank. Ein Sechzehnjähriger sollte andere Orte für seine Freizeitgestaltung finden können, nicht wahr? Um diese Uhrzeit ist er allerdings zu Hause am besten aufgehoben."

Frank ging darauf gar nicht erst ein und kam zur Sache.

„Die Schulleitung wäre sicher not amused, von diesem Freizeitvergnügen eines ihrer Lehrer zu erfahren; und eine entsprechende Mitteilung auf Facebook würde nicht nur an der Schule Aufruhr entfachen, nicht wahr?"

„Du willst mir drohen?"

Empört blitzte Herr Timm den Schüler an, doch an dem lief das Gesagte herunter wie ein Wassertropfen an der Fensterscheibe. Er schwenkte blitzschnell um und gab sich kompromissbereit.

„Wir wollen doch beide keinen Ärger, deshalb schlage ich Ihnen einen Deal vor: Mein Ruf an der Schule ist bekanntermaßen nicht der beste, die meisten Lehrer lieben mich eher weniger. Ich weiß, dass zurzeit über einen Schulausschluss meiner Person nachgedacht wird. Sie sorgen dafür, dass es nicht dazu kommt, und ich halte meinen Mund."

Gernot Timm überlegte fieberhaft. Natürlich durfte er sich nicht auf einen solchen Handel mit einem Schüler einlassen. Doch blieb ihm überhaupt etwas anderes übrig, wollte er nicht seinen Ruf an der Schule ruinieren, von schwerwiegenderen Folgen ganz abgesehen. Ein älterer Mann kam auf die beiden zu, nahm die Blonde gar nicht zur Kenntnis, sondern lächelte Frank an und strich ihm leicht über Rücken und Gesäß.

„Hallo Frank, mein Schatz, kommst du?", fragte er mit gurrender Stimme. Schlagartig wurde Gernot Timm klar, warum sich Frank dort herumtrieb. So war das also. Dass er nicht schneller darauf gekommen war! Unter dieser Voraussetzung konnte dieses Zusammentreffen auch dem Schüler gar nicht recht sein. Jetzt würde Timm den Spieß umdrehen.

„Geh schon vor, ich komm gleich", gab Frank dem Fremden verlegen zurück und schob ihn fort.

„So läuft das hier also", schnappte Gernot Timm zu. „Jetzt schlage ich dir etwas vor: Du gibst dein Geschäft hier mit sofortiger Wirkung auf, machst auf der Hacke kehrt, gehst nach Hause und hältst deinen Mund; andernfalls fliegst du schneller aus der Schule, als du überhaupt denken kannst."

Der Tag war lang und anstrengend gewesen. Edith Kampmann stellte ihre
Schultasche auf den Schreibtischstuhl und ließ einen Stapel Hefte auf die
Tischplatte gleiten. Heute Abend musste sie unbedingt noch Diktate korrigieren, doch im Moment war sie viel zu erschöpft. Mit einem Glas Wasser
neben sich ließ sie sich in einen Sessel fallen und schloss für einen Moment die Augen. Doch zur Ruhe kam sie so schnell nicht, die Ereignisse
des Vormittags zogen an ihrem inneren Auge vorbei wie auf einem Fließband und vermittelten das Gefühl, dass zahlreiche Aufgaben auf ihre Erledigung und Probleme auf eine Lösung warteten. Aber nicht gleich, erst
einmal den Frieden und die Kühle der Wohnung für ein paar Augenblicke
genießen …
Frau Kampmann schreckte hoch. War sie tatsächlich eingeschlafen? Irgendetwas in ihrem Unterbewusstsein hatte sie beunruhigt, ihr signalisiert:
Du musst dich kümmern, vergiss das nicht …
Sie ging ins Arbeitszimmer und öffnete ihre Tasche, legte Terminkalender,
Schreibetui und Bücher auf den Tisch. Ein weißer Briefumschlag fiel auf
den Boden. Natürlich, Herr Ossowsky hatte ihr einen Brief gegeben, sie
musste ihn unbedingt gleich lesen. Von wem der war? „Hattiye Kara"
stand als Absender auf dem Umschlag. Frau Kampmann brauchte eine
Weile, bis ihr klar wurde, dass der Brief von Kemals Mutter war. Sogleich
erinnerte sie sich an die Frau, mit der sie ein Telefonat geführt hatte; zu
einem Treffen war es leider nicht gekommen, Frau Kara konnte es nicht
möglich machen. Doch Frau Kampmann hatte aus ihren Worten herausgehört, dass sie zu ihrem Sohn hielt und bereit war, sich auch für die junge
Familie einzusetzen. Das gute Gefühl der Lehrerin nach dem Gespräch
hatte wohl getrogen. Beunruhigt faltete sie das Papier auseinander, und ein
kleinerer, verschlossener Umschlag fiel ebenfalls auf den Boden.
„Sehr geehrte Frau Kampmann", las sie auf dem größeren Bogen, „dieser
Brief ist von Kemal für Sie. Er hat diese Welt nicht mehr ertragen und ist
in eine, wie er glaubte, für ihn bessere gegangen."

Frau Kampmann sank auf ihren Schreibtischstuhl, ihre Hände wurden kalt und zitterten, kaum konnte sie den Brief, auf dem nichts außer ihrem Namen stand, aufheben und öffnen. Kemals von vielen Klassenarbeiten vertraute, eckige Schrift sprang sie an und trieb ihr die Tränen in die Augen. Es waren nur ein paar Zeilen auf einem herausgerissenen, karierten Blatt.

„Sehr geehrte Frau Kampmann,
sicher erinnern Sie sich an unser Gespräch vor einiger Zeit. Die letzten Wochen waren so quälend und verletzend, alle meine Bemühungen um Ayün liefen ins Leere, wurden von ihrer Familie blockiert. Dann habe ich erfahren, dass sie von ihrem Vater in die Türkei gebracht worden ist und einen Freund von ihm geheiratet hat. Mein Kind gehört doch zu mir und nicht zu einem fremden Mann! Das bedeutet, dass ich es nie sehen und seine Stimme nie hören werde. Es ist aus, so kann ich nicht leben.
Sie waren immer gut zu mir, hatten so viel Verständnis, konnten mir letzten Endes aber auch nicht helfen. Bitte verzeihen Sie mir mein Handeln, denn in einer Ethikstunde haben Sie mal gesagt, dass eine Selbsttötung keine Lösung für ein Problem ist, aber ich weiß keine andere.
Gibt es eine bessere Welt als diese? Auch das weiß ich nicht. Doch ich hoffe es.
Ihr dankbarer Kemal.

18

Der Gong zur ersten Stunde.

Niemand konnte ihm ausweichen, auch Frau Kampmann nicht. Selten war ihr der Gang in die Klasse so schwer gefallen wie heute. Wie brachte man Schulkindern, auch wenn sie schon fast erwachsen waren, bei, dass einer aus ihrer Klassengemeinschaft nicht mehr lebte? So etwas hatte sie in der Lehrerausbildung vor mehr als dreißig Jahren nicht gelernt. Und dass sie schon einmal eine so traurige Pflicht zu erfüllen hatte, daran konnte sie sich nicht erinnern. Dass ein Elternteil verstarb und sie mit einem Schüler in Schockstarre in der Klasse zurechtkommen musste, war schon mehrmals vorgekommen und hatte sie an ihre pädagogischen und psychischen Grenzen geführt. Hoffentlich hatte sie für die heutige Situation das richtige Gespür und fand die passenden Worte. Auch wenn Kemal sich am Rande der Klassengemeinschaft positioniert hatte, gehörte er doch zu ihr. Die Klassenlehrerin wusste, die meisten Schüler empfanden so.

Für einen kurzen Augenblick blieb sie vor der geschlossenen Tür stehen. Tinas melodisches Lachen, Kevins immer noch helle Knabenstimme, die vom Stimmbruch gequälten anderer Jungen, das Scharren von Stuhlbeinen und Schuhen. Vertraute Geräusche.

Entschlossen drückte sie die Klinke herunter. Kemals freier Stuhl sprang sie an, als wolle er sagen: Jetzt mach deine Sache aber gut, ich stehe hier für ihn, er erwartet das von dir. Zahlreiche Mitschüler wussten schon Bescheid, der Flurfunk hatte hervorragend funktioniert; sie sahen die Klassenlehrerin erwartungsvoll und auch unsicher an. Die übliche Unruhe zu Beginn einer Stunde fiel aus, schlagartig war es mucksmäuschenstill.

„Dieser Tag beginnt mit einer sehr traurigen Mitteilung, traurig für euch, traurig für mich. Kemal ist tot, er hat sich das Leben genommen."

Frau Kampmann machte eine Pause, um die tragische Nachricht in das Bewusstsein der Mitschüler eindringen zu lassen. Sie saßen ganz still, einige Mädchen fingen an leise zu weinen, fassten sich an den Händen oder legten die Arme umeinander, wie oft in Situationen, in denen sie einen Halt nötig hatten. Manche Jungen fingerten nervös an ihren Kugelschreibern herum und blickten verlegen vor sich auf die Tischplatte, unsicher, welche Haltung von ihnen erwartet wurde.

Frau Kampmann musste etwas sagen, damit sich nicht jeder in seiner eigenen Trauer verlor, sondern die Gemeinschaft der Anker für alle sein konnte.

„Kemals Mutter hat mir einen Brief geschickt, den ihr Sohn vor seinem Tod an mich geschrieben hat."

„Lesen Sie ihn doch mal vor."

„Nein, das möchte ich nicht, denn er ist an mich persönlich gerichtet."

Emma sprang auf, aus ihren Augen sprühte Zorn.

„Da ist die ganze verdammte Verwandtschaft von Ayün dran schuld. Die haben ihn hängen lassen, anstatt ihn und seine Freundin zu unterstützen. Die wollten ihn nicht in ihrer Sippschaft haben. Ins Gefängnis würde ich die alle bringen, die haben Kemal auf dem Gewissen."

Alle drehten sich zu Emma um, die mit hochrotem Kopf da stand und nicht daran dachte, sich zu setzen; einige murmelten zustimmend, andere nickten nur.

„Das ist doch heutzutage kein Drama mehr, wenn ein Mädchen ein Kind kriegt, na wenn schon."

„Bei vielen Ausländern ist das aber ganz anders, für die ist das eine Schande, ein Angriff auf die Familienehre."

„Ayün hatte überhaupt nichts zu sagen. Die musste tun, was ihr Vater wollte."

„Meine Cousine hat auch ein Kind gekriegt und macht trotzdem ihre Ausbildung weiter. Wenn die Familie zusammenhält, geht das."

Eine lebhafte Diskussion war im Gange, in die sich vorwiegend die Mädchen einließen. Frau Kampmann schwieg und ließ die Klasse diskutieren. Manchmal war eben reden besser als schweigen.

„Gerade wenn ich ein Kind kriege, werde ich trotzdem über mein Leben selbst entscheiden."

Einer der stilleren Jungen, die sonst nur zuhörten, mischte sich zur Verwunderung anderer in die Diskussion ein:

„Und der Mann, der Vater des Kindes, hat der denn gar nichts zu sagen? Wieso eigentlich nicht?"

„Genau, das würde ich mir nicht gefallen lassen."

Die Klassendiskussion zerfiel in Zweiergespräche, doch Emmas Stimme übertönte alle.

„Wann ist denn die Beerdigung, Frau Kampmann? Gehen Sie dahin? Wollen wir alle zusammen gehen?"

„Gibt's da schulfrei?"

Dem Scherzbold blieb unter zahlreichen empörten Blicken das Lachen im Hals stecken, und er wünschte sich unter den Tisch oder in ein Mauseloch. Niemand sonst war nach Späßen zumute. Frau Kampmann überging den Einwurf.

„Die Beerdigung ist heute schon, um 15 Uhr. Ich werde in jedem Fall hingehen. Wenn ihr das auch wollt, können wir uns eine Viertelstunde vorher am Friedhofseingang treffen. Und bitte: Zieht euch anständig an."

„Was ist anständig?"

„Dunkles Hemd oder Shirt, saubere Jeans, geputzte Schuhe; das und angepasstes, ruhiges Benehmen sind auf einem Friedhof wohl selbstverständlich."

In einen geordneten Deutschunterricht einzusteigen, fiel schwer. Doch er half, traurigen Gedanken nicht zu viel Raum zu lassen. Die meisten Jugendlichen waren froh, den gewohnten Schulalltag leben zu können. Die schwarze Spinne krabbelte zum letzten Mal durch das Klassenzimmer, eine Klassenarbeit würde das Thema nächste Woche abschließen und das ungeliebte Tier beerdigen.

„Also Freunde, wir befinden uns auf der Zielgeraden mit der schwarzen Spinne, noch eine Doppelstunde und der abschließende Test, dann haben wir es geschafft."

„Endlich ist die Scheiße zu Ende."

„Können wir nicht mal was Vernünftiges lesen?"

Mit einem Ruck drehte sich Emma zu den Schreiern um.

„Also ihr mit eurem Asterix und Obelix Niveau, eure Spatzengehirne sind mit allem Vernünftigen überfordert, ihr haltet besser die Klappe."
„Emma, bitte."
Warnend sah Frau Kampmann die Schülerin an.
„Ist doch wahr."
Andere tuschelten Zustimmung. Tina meldete sich und sah ihre Lehrerin strahlend an.
„Also ich wüsste schon, was ich gerne noch lesen würde, bevor ich die Schule verlasse. Es gibt doch so ganz berühmte Sachen, von Goethe und so. Meine Freundin vom Gymnasium hat mir davon erzählt. Könnten wir nicht auch den „Faust" von Goethe lesen oder „Romeo und Julia" von Shakespeare? Damit wir wenigstens eine Ahnung von der Weltliteratur haben, wenn wir raus sind aus dem Schuppen."
„Die ist total übergeschnappt."
„Die hat wohl nicht mehr alle."
Das kam aus der Asterix und Obelix Gegend, unterlegt mit hämischem Gewieher. Aus einigen Reihen tönte jedoch zustimmendes Gemurmel.
Oha, Mädchen, dachte Frau Kampmann, du gehst aber ran. Ich fürchte, dann sind unsere Comic Kandidaten total raus aus dem Geschäft.
„Ich überlege es mir, Tina, eigentlich ist es eine Superidee, die mir sehr gefallen würde. Mal sehen, wie und wann wir das noch umsetzen können, denn die Zeit bis zu den Prüfungsarbeiten wird langsam knapp. Und jetzt an die Arbeit."
Die Lehrerin ließ die Arbeitsblätter austeilen.
„Wir gehen jetzt die Aufgaben miteinander durch."

1. *Denn wo solcher Sinn (Gottesfurcht und gutes Gewissen) wohnet, darf sich die Spinne nicht regen. Was ihr aber für eine Macht wird, ... bis zum Ende. Was bedeutet das mit deinen Worten?*
2. *Wofür steht die schwarze Spinne?*

„Auch Menschen können schwarze Spinnen sein, ich kenn da welche."
Das war Fritz. Er sah seine Lehrerin fragend an, sie nickte ihm zu.

„Bei Aufgabe vier kannst du diesen Gedanken einbringen, Fritz."

3. *Welche Bedeutung hat der Pfosten, das alte Holz?*
4. *Die Menschen damals handelten aus Angst vor der Spinne. Wie sieht das heute aus?*
Erinnere dich an das moralische Gesetz von Kant! Vergleiche!
5. *Beschreibe, wie die bäuerlichen Menschen damals lebten.*
6. *„Da ward meine Überzeugung noch fester, dass weder ich noch meine Kinder und Kindeskinder etwas von der Spinne zu fürchten hätten, solange wir uns fürchten vor Gott."*
Interpretiere und kommentiere!

„Da ist ständig von Furcht die Rede", warf Emma ungefragt ein. „Ist es nicht besser, man handelt aus freiem Willen als aus Angst vor Strafe?"
„Eine gute Frage, Emma. Du kannst sie mit deiner Gruppe diskutieren, schriftlich fixieren und uns dann vortragen. Ich bin schon gespannt darauf", antwortete Frau Kampmann. „Alle, die im Ethikunterricht bei mir sind, erinnern sich bitte an Immanuel Kant und das moralische Gesetz in mir."
Die Deutschstunde nahm ihren Lauf. Kurz vor dem Ende fiel Roland etwas ein.
„Wir wollten doch noch essen gehen vor Weihnachten, zum Chinesen. Können wir das nicht jetzt festlegen?"
Zustimmendes Gemurmel. Es dauerte eine ganze Weile, bis ein passender Termin gefunden wurde. Auch der Umgang mit Handy und Zigaretten wurde angesprochen.
„Also ich schlage vor, während des Essens bleiben die Handys ausgeschaltet. Wir wollen uns doch unterhalten."
„Nö, ich will lieber telefonieren und Anrufe beantworten."
„Wir stimmen ab!"
Ganz knapp behielten die die Oberhand, die die Geräte ausgeschaltet lassen wollten. Eine Pause zwischen den zahlreichen Gängen eines chinesischen Essens wurde zum Telefonieren vor der Tür eingeplant. Einige Wochen später, als das gemeinsame Essen beim Chinesen vorüber war, hatte

auch Frau Kampmann einige Erkenntnisse gewonnen. Dass drinnen nicht geraucht werden durfte, leuchtete allen ein. Doch dass einige Mädchen nach jedem Gang hinausstürmen und rauchen würden, hatte sie nicht vorausgesehen; dass die erhoffte Gemütlichkeit unter der ständigen Unruhe des Aufstehens und Hinausgehens leiden würde, wurde ihr im Laufe des Abends klar. Auch hier vorab Regeln festzulegen, war ihr allerdings nicht in den Sinn gekommen.

Die Mehrzahl der Mädchen rauchten, die meisten Jungen nicht. Sie waren ausgesprochen sportlich und wussten, dass Rauchen ihre Kondition beeinträchtigte. Den Mädchen war das egal. Sie wollten cool und in sein, und das bedeutete, Handy und Zigaretten mussten neben dem Teller liegen wie Besteck und Serviette, sie waren die Insignien der Zugehörigkeit zu der entsprechenden Clique. Wer sie nicht vorweisen konnte, war von vorneherein out.

Obwohl Frau Kampmann diese Tischdekoration nicht guthieß, sah sie, um des Friedens an diesem Abend willen, darüber hinweg.

Der Gong zum Stundenende war schon vor einer Minute verklungen. Die Stimmen auf den Fluren, das Trappeln der Schuhe, Gelächter und Rufe nahmen schnell zu. Die Schüler standen auf und packten ihre Sachen zusammen. Offen gebliebene Fragen musste man auf eine andere Stunde verschieben, auch Frau Kampmann legte Bücher und Hefte zusammen.

Frank würde bei der gemeinsamen Unternehmung nicht dabei sein, der Termin fiel in seine Ausschlusszeit. Als ihm das bewusst wurde, stand er wortlos auf, warf seinen Rucksack wütend über die Schulter, stürmte zur Tür und knallte sie hinter sich zu.

19

Unruhig wälzt Hannes sich hin und her. Er keucht in sein Kopfkissen, das schon feucht vom Atem ist.

Schuld daran ist der Schwarze, wieder durchs Schulhaus schleichend wie eine Wildkatze, lautlos, an den Türen horchend, die Pistole in Brusthöhe mit beiden Händen umklammernd. Jetzt dreht er sich um, richtet die Waffe auf Hannes, der ihm gefolgt ist, starrt ihm in die Augen, bewegt die Lippen ...

Ich kann dich nicht verstehen, was willst du von mir, ich tu alles, was du willst, erschieß mich nicht, nein, bitte nicht ...

Ein Knall, ein rotes Rinnsal auf Kopfkissen und Laken ...

Hannes riss die Augen auf, schrie. Ein Donnerschlag hatte ihn geweckt, das Gewitter musste direkt über dem Haus sein. Gottseidank nirgendwo Blut. Langsam kam sein Atem zur Ruhe, sein Bewusstsein in die Gegenwart zurück; er schlich ins Badezimmer, zog das verschwitzte Shirt des Schlafanzuges aus und ein frisches an. Einschlafen konnte er jetzt nicht mehr; er lauschte, ob die Mutter auf der Treppe zu hören war, ob sie seinen Schrei gehört hatte. Nichts. Er beschloss, ins Tagebuch zu schreiben, was er die letzten Tage vernachlässigt hatte.

Wieder Ärger mit Frank und seinen Anhängern. Sie haben eine günstige Gelegenheit abgepasst und Fritz und mich auf dem Schulhof überfallen. Wir waren zu unvorsichtig, selber schuld. Sie haben uns die Hände auf dem Rücken zusammengebunden und in den Heizungskeller der Schule gezwungen; dort mussten wir stundenlang ausharren, bis der Hausmeister kam und uns befreit hat. Das war so was von peinlich! Zum Glück hatten wir eine Flasche Wasser und einige Pizzastücke dabei, warm war es auch, also ging es uns nicht einmal so schlecht bis auf die Wut, die in uns gebrodelt hat wie kochende Brühe. Die weiße Schlange vom Fritz haben sie uns auch geklaut und die Schwab damit geärgert, was wir ja so ähnlich auch vorhatten, wenn ich ehrlich bin. Nicht mal eigene Ideen haben diese

Angeber, große Klappe und nichts dahinter. Frank hat Fritz die Uhr weg-
genommen, die der von seinem Vater hat, der jetzt tot ist, und das ist die
allergrößte Schweinerei.
Genauso schlimm ist, dass ich gestern wieder einen Zettel in der Jacke
hatte. Das war natürlich auch Frank. Warum der ausgerechnet mich mit
seinen saublöden Zetteln traktiert, weiß ich nicht, krieg's nicht auf die
Schiene. Ganz klar, das geht so nicht weiter, bis zum Ende des Schuljah-
res halte ich das nicht aus. Fritz und Emma meinen das auch, Emma hat
den neuen Zettel mitgekriegt. Die kriegt sowieso alles mit, wie, weiß ich
nicht, die hat einen sechsten Sinn. Sie meint es ja gut, aber wirklich helfen
kann sie mir auch nicht. Morgen legen Fritz und ich unsere Strategie
endgültig fest.
Ob Fritz wirklich eine echte Pistole mitbringt? Wahrscheinlich gibt er nur
an wie Kloßbrühe, und das ist in Wirklichkeit eine Spielzeugpistole oder
eine SoftAir. Innerlich bin ich so voller Wut, dass nichts anderes mehr in
meinem Bauch Platz hat, er fühlt sich an wie ein bis zum Äußersten auf-
geblasener Luftballon. Fritz brüllt wie ein Löwe, wenn er im Zornmodus
ist, aber das ist nicht mein Ding.
Da ist es fast schon nebensächlich, dass Tina durch mich hindurchsieht,
als ob ich Luft wär; anlächeln? Schnee von gestern. Sie hat sich so was
von verändert. Alle sagen, dass sie mit Roland geht, Mathe-Ass und
Sportskanone der Schule. So sind die Mädchen, alle. Innere Werte, dass
ich nicht lache.
Jussi ist tot. Da sind die aufgeblasenen Macker um Frank auch dran
schuld. Ohne die wäre ich nie auf die Idee gekommen, das Töten zu üben.
Mann, war ich blöd! Was hab ich jetzt davon? Nichts. Tot ist tot. Heulen
könnt ich.
Dass man in den heiligen Hallen der Zauberflöte keine Rache kennt, ist
gut und schön, aber das richtige Leben hat keine heiligen Hallen und kei-
ne Menschen ohne Zorn, das sieht man doch überall. Da stauen sich so
starke Rachegelüste in mir, dass ein ganzes Waffenarsenal nötig ist, um
sie zu stillen. Und wie viele habe ich in meinem Besitz? Keine einzige.
Aber Fritz hat eine. Mindestens. Glaub ich.
Jetzt weiß ich, was der Schwarze von mir will: Rache, Rache, Rache.

Hannes hörte auf zu schreiben. Die schräge Haltung im Bett war doch zu unbequem, ihm tat schon der Arm weh, außerdem kehrte die Müdigkeit zurück. Der Schwarze ging ihm nicht aus dem Kopf. Er musste unbedingt mit Fritz reden, was der vom neuerlichen Erscheinen des Schwarzen hielt. Mit ausgestrecktem Arm konnte er sein Handy vom Schreibtisch angeln.

Fritz war sofort dran, seine Stimme klang erregt. Der gerät sofort in Rage, wenn ihm etwas quer kommt, dachte Hannes. Vielleicht hatte es überhaupt keinen Sinn, mit ihm zu reden.

„Natürlich weiß ich, wie spät das ist, hab ja schließlich auch ne Uhr. Jetzt reg dich bloß mal ab. Fritz, ich muss dir etwas sagen. Heute Nacht war der Schwarze wieder da."

Einen Moment blieb es still. Hannes wartete.

„Natürlich hab ich dir von ihm erzählt, dass er oft in der Nacht kommt, dass er die Schule bedroht. Doch vorhin, da wollte er mir etwas sagen, ich konnte ihn nicht verstehen, aber ich weiß es trotzdem."

Dass Fritz leise lachte, fand Hannes überhaupt nicht gut, konnte es ihm aber nicht verübeln, sicher wirkte er wie geistesgestört. Aber wenn nicht Fritz, wem konnte er dann überhaupt etwas erzählen?

„Hör bloß auf mit deinen blöden Gedichten. ‚Der Schwarze kommt zu Hannes, schießt wie ein Held, der kann es'. Bist du bescheuert oder was? Ich weiß auch, dass solche Träume, die immer wiederkehren, etwas mit Ängsten oder Erlebtem zu tun haben, das hat mir mein Vater erklärt. Aber was dieser Traum zu bedeuten hat, darüber sollten wir reden."

Langsam wurde auch Hannes unwillig, wollte aber keinen Streit mit Fritz, schließlich war der sein einziger Freund.

„Eins muss ich dir auch noch sagen: Die Zettel aus meiner Jackentasche, du weißt schon, sind weg. Ich hatte sie gut versteckt, dachte ich wenigstens. So wie ich meine Mutter kenne, hat sie in meinen Sachen herumgeschnüffelt und sie gefunden. Die ist so was von neugierig. Wahrscheinlich weiß die Kampmann jetzt auch Bescheid, meine Mutter steckt der doch alles, und wer weiß, wem noch von den Lehrern. Ob die sich vielleicht einen Reim drauf machen können? Das ist so total oberpeinlich."

„Verstehe, dass du jetzt schlafen willst. Dein Schlaf ist ja viel wichtiger als mein Problem. Und so was nennt sich Freund. Also gut, machen wir morgen weiter. Nein, ich hab nicht vergessen, dass wir um achtzehn Uhr auf der Schutthalde verabredet sind. Bis dann."

Hannes stellte sein Handy aus, legte es auf den Tisch zurück, machte die Nachttischlampe aus und war in wenigen Minuten eingeschlafen.

Diese Nacht sah noch andere unruhige Schläfer.

Emma starrte zur Zimmerdecke. Vorbeifahrende Autos malten helle Muster darauf, die schnell wieder verschwanden und neuen Lichtern Platz machten. Unten herrschte noch einiger Verkehr, auch die lärmenden Stimmen zahlreicher Fußgänger mischten sich unter den Autolärm; dementsprechend war die Geräuschkulisse ziemlich heftig. Und zu warm war es im Zimmer auch. Emma wälzte sich hin und her. An Schlaf war unter diesen Umständen nicht zu denken, zumal sich in ihrem Kopf die widersprüchlichsten Gedanken bekriegten.

Zum ersten Mal war sie richtig zornig auf Frau Kampmann, die Klassenlehrerin, bisher fand sie sie ziemlich in Ordnung. Nach Emmas Meinung kümmerte sie sich einfach viel zu wenig um die wahren Probleme, die wie Gespenster in den Ecken des Klassenzimmers standen und nur darauf warteten, ins Scheinwerferlicht gezogen zu werden.

Um die echten Konflikte, nicht die von Tina oder Valeria, deren Sorgen sich nur um die eigene Schönheit und den Eindruck drehten, den sie auf andere machten. Die waren doch geschenkt, Peanuts. Frank und seine Gefolgschaft, die waren die dicken Hämmer, die mischten die Klasse auf, waren echte Kotzbrocken. Wenn es nach ihr ginge, würden die alle ruckzuck von der Schule fliegen, bevor noch größeres Unheil geschah. Wobei es reichen würde, Frank zu eliminieren, die anderen waren doch nur Mitläufer. Wie der den Hannes piesackte! Der kann sich überhaupt nicht wehren, ist eben ein echter Haubentaucher, ein Weichei. Doch was passiert? Nix. So sind die Erwachsenen nun mal, auch die Lehrer. Ende der Durchsage.

Emma rollte sich zur Wand, zog die Decke fest um die Schultern und schloss die Augen. Ein neuer Tag, neues Spiel. Neues Glück?

Stickige Luft empfing Gernot Timm, sobald er die Wohnungstür aufgeschlossen hatte. Er riss die Perücke herunter und stülpte sie über den Plastikkopf. Heftig rieb er über die kurzen Stoppelhaare, bis sie nicht mehr juckten. Inzwischen hatte er auch die Pumps abgestreift. Jetzt ging es ihm schon besser. Während er den Schmuck ablegte, die Strümpfe und das Kleid auszog und alles sorgfältig wegräumte, dann die Fensterflügel der Wohnung weit aufriss, kehrten seine Gedanken zu den vergangenen Stunden und dem Schüler Frank Reichert zurück.

So ein ausgefuchster Hund, wollte ihn erpressen! Ausgerechnet der, dessen zweifelhafte Freizeitbeschäftigung auch nicht unbedingt an die Öffentlichkeit gelangen sollte. Franks Verhalten war mehr als dumm, fand Gernot Timm. Dass dem Schüler gerade alle Felle bezüglich der Abschlussprüfung davonschwammen, war verständlich; dass er nach Wegen suchte, sie dennoch zu bestehen, auch wenn seine Versuche noch so krumm waren, auch. Doch er, Gernot Timm, würde sich nicht auf so einen Deal einlassen, er nicht, auch wenn noch so boshafte Einträge auf Facebook die Konsequenz wären; womit zu rechnen war.

Er ging ins Badezimmer und fing an, Gerlinde wieder in Gernot zu verwandeln. Vielleicht sollte er mit Edith Kampmann reden, überlegte er beim Zähneputzen und Entfernen des Make-Ups, sie war die Klassenlehrerin von Frank und eigentlich eine sehr vernünftige und erfahrene Kollegin. Vielleicht konnte sie ihm einen Rat geben, wie mit dem schwierigen Schüler umzugehen war, auch ohne dass er, Gernot Timm, seine geheimsten Geheimnisse ausplaudern musste.

Es war mal wieder spät geworden, schon weit nach Mitternacht. Doch die Stunden mit Gleichgesinnten machten ihn glücklich und zufrieden, dafür nahm er eine gewisse Müdigkeit am nächsten Tag in Kauf.

Gernot Timm knipste die Lampe aus und lächelte die dunkle Nacht dankbar an.

Dumm gelaufen, fand Frank Reichert, als er in der Hoffnung in sein Zimmer schlich, dass weder Mutter noch Schwester aufwachten und seine späte Heimkehr bemerkten. Er zog Schuhe und Jeans aus, den Rest schenkte er sich, und kroch unter die Decke.

So viel stand fest, der Timm hatte sich nicht ins Bockshorn jagen lassen. Zu blöd, dass gerade einer seiner Kunden auftauchen und ihn derart peinlich anmachen musste, als er mit der blonden Schönen, seinem Lehrer, redete. Im selben Moment hatte er seine überlegene Verhandlungsposition eingebüßt, befand sich auf Augenhöhe mit Timm. Jetzt konnten beide nur hoffen, dass der jeweils andere dicht hielt. Dass der Timm sich für ihn auf der Disziplinarkonferenz noch einsetzte, war mehr als zweifelhaft. Frank musste damit rechnen, dass er einen zeitlich begrenzten Schulausschluss erhielt, im günstigeren Fall; im schlechteren, dass er endgültig von der Schule flog, bei seinem „Vorstrafenregister". Damit konnte er seiner Mutter nicht unter die Augen treten. Welche Möglichkeiten hatte er dann überhaupt noch? Weglaufen, auf der Straße leben, sich vor die Bahn werfen, vom Kirchturm springen …

Wut stieg in Frank hoch. Das Leben wäre erträglich, wenn es die Schule nicht gäbe, sondern nur Freunde und Freier; wenn ihn die Lehrer in Ruhe ließen; wenn er einen Vater hätte, der sich um ihn und die Schwester kümmerte, auf den er stolz sein könnte; wenn Mutter und Schwester ihn nicht immer so traurig und fragend ansehen würden. Wenn, wenn, wenn, …so war das Leben, echt Scheiße.

Frank warf sich auf die Seite, dass die Bettfedern krachten, und schloss die Augen.

Edith Kampmann ließ das Lektüreheft sinken, sie war todmüde. Ihr Mann schlief schon fest. Eigentlich wollte sie den Stoff für die morgige Deutschstunde in der Zehnten noch kurz durchgehen, damit auch nichts schiefging; doch sie konnte sich nicht mehr richtig konzentrieren, die Augen kaum offenhalten, es war einfach zu spät. Wind war aufgekommen, irgendwo klapperten Fensterläden. Es war Zeit, zur Ruhe zu kommen. Doch wie sollte das gehen? Sie konnte nicht einfach den Deckel fallen lassen. Zahlreiche Probleme wirbelten durch ihren Kopf, verlangten danach, durchdacht zu werden. Gerade in solchen Momenten sehnte sie sich nach der Zeit danach, einer Zeit ohne Pflichten, nur für eigene Interessen. Wandern, Radfahren, Bücher lesen ... Stattdessen stapelten sich auf ihrem Schreibtisch zwei Klassensätze Aufsatzhefte, das waren etwa fünfzig Arbeiten; da würde dann auch ein großer Teil des Wochenendes draufgehen, mal wieder. Fahrrad und Wanderstöcke würden im Keller bleiben müssen, wie so oft.

Die Disziplinarkonferenz am folgenden Tag sollte einiges an Klarheit bringen. Es ging um Frank und Hannes, ihre beiden Sorgenkinder, deren beider Leben sich immer wieder miteinander verkanteten und dadurch ständig Unruhe in die Klassengemeinschaft brachten. Warum nur? Warum konnte Frank Hannes nicht in Ruhe lassen? Die ominösen Zettel hatten sicher etwas damit zu tun. Aber was? Eine aufgeregte Frau Friedmann hatte die Klassenlehrerin wieder einmal angerufen, von zwei Zetteln geredet und sie ihr am Telefon vorgelesen. Doch sie konnte aus dem erregten Gestammel der Mutter nicht schlau werden und hatte Frau Friedmann gebeten, die geheimnisvollen Zettel zu schicken oder vorbeizubringen, und das möglichst bald. Für Frank würde die Konferenz wohl den zeitweiligen Schulausschluss bedeuten, fragte sich nur noch, für wie lange und mit welchen Auflagen. Oder den endgültigen?

Dann waren da noch Kollege Timm und Schüler Fritz Bauer, die ihre Aufmerksamkeit brauchten. Und Peter. Der vor allen anderen. Manchmal wurde ihr alles zu viel.

Das Lektüreheft glitt ihr aus der Hand, sie schreckte hoch, legte es auf den Nachttisch und löschte das Licht.

Emma, Frank, Gernot Timm, Edith Kampmann – irgendwann knipste die fortschreitende Nacht alle störenden Geräusche aus und wischte große und kleine Kümmernisse fort.

Der Schlaf nahm sie alle in seine dunklen Arme.

20

„Edith, kann ich dich mal kurz sprechen?"
Frau Kampmann hatte gerade erst das Lehrerzimmer betreten und ihre Tasche und Hefte auf dem Tisch abgelegt, als Gernot Timm geradewegs auf sie zusteuerte. So war es oft, dass einer der Anwesenden sie gleich in Beschlag nahm. Frau Kampmann mochte das gar nicht, sie sah den Kollegen unwillig und fragend an. Er fasste sie am Arm und zog sie, bevor sie jemand in ein Gespräch verwickeln konnte, hinter das Bücherregal, so dass die anderen Anwesenden nicht mithören konnten. Blass sah er aus, wirkte unausgeschlafen und nervös.
„Du bist doch die Klassenlehrerin von Frank Reichert. Also, da ist eine Sache, da wollte ich mit dir mal reden, also eigentlich wollte ich nie darüber reden, …"
Der junge Kollege druckste herum, das Weiterreden fiel ihm sichtbar schwer. Rote Flecken kämpften mit der Blässe auf den Wangen und gewannen. Die Lippen zitterten leicht. Er gab sich einen Ruck, weil die Zeit drängte und er nicht lächerlich wirken wollte.
„Frank hat mich in einer Situation gesehen, die ich eigentlich für den Rest meines Lebens für mich behalten wollte, deren Aufdeckung mich hier am Ort und in der Schule für immer unmöglich machen könnte."
„Hör mal, Gernot, du redest für mich in sibyllinischen Worten. Wie wäre es mit Klartext, damit ich dich schneller verstehen kann. Die Zeit drängt."
„Du hast Recht, doch das fällt mir wirklich nicht leicht. Frank hat mich in Frauenkleidern vor der entsprechenden Kneipe in der Altstadt gesehen, du weißt, was ich meine?"
Sie starrte ihn eine Sekunde sprachlos an, nickte, wusste aber nicht wirklich, ob sie ihn richtig verstand, und schon gar nicht, was sie erwidern sollte. Lehrer Timm in Frauenkleidern? Konnte sie sich das vorstellen? Natürlich gab es solche Männer, Transsexuelle, das war ihr bekannt. Aber hier an ihrer Schule …Ob irgendwer davon wusste?

„Hast du mit jemand aus dem Kollegium darüber gesprochen?"

„Nein, natürlich nicht, du bist die Erste, weil Frank ja in deiner Klasse ist und ich deine Hilfe brauche. Wegen dieser Sache bin ich doch aus Berlin weg, zu viele Leute kannten mich da, das Pflaster wurde mir zu heiß."

Das war es also. Das Gefühl eines Geheimnisses und einer gewissen Undurchsichtigkeit um den jüngeren Kollegen hatte sie nicht getrogen. Sportlichkeit, Höflichkeit, perfektes Outfit und Charme verdeckten die dunkleren Seiten seiner Ichs; er besaß sozusagen zwei Persönlichkeiten. Aber welcher Mensch ging schon als unbefleckter Engel durchs Leben, jedermann versuchte zu verbergen, was er für die schwarzen, nicht vorzeigbaren Seiten seines Ichs hielt. Bevor sie überhaupt darüber nachdenken konnte, wie sie mit den Neuigkeiten umgehen sollte und in welcher Form sie Timm eine Antwort geben würde, betrat Herr Ossowsky das Lehrerzimmer.

„Guten Morgen allerseits. Darf ich die Kollegen, die es betrifft, an die Disziplinarkonferenz in der großen Pause erinnern. Bitte schließen Sie die Stunde davor pünktlich, damit auch wir pünktlich anfangen können. Danke."

Es kam wie vorausgesehen.

In der Konferenz kamen Franks Schandtaten auf den Tisch. Alle Lehrerinnen und Lehrer waren sich darin einig, dass er der Anführer der beteiligten Jungenclique war und vorrangig bestraft gehöre. Jeder Kollege konnte aus seinem Unterricht einen Baustein zu Franks Fehlverhalten beisteuern, so wurde sein Schuldturm ganz schön hoch. Die Plastikschlange in der Schublade, von Kollegin Schwab gleich wieder ins Spiel gebracht, wurde von allen jedoch nur als Dummer Jungen Streich gewertet, worauf sich die beiden Damen beleidigt zurückzogen. Wie konnte man sich nur so darüber aufregen, dachte Frau Kampmann kopfschüttelnd, hatte man nicht ganz andere Sorgen?

Das Einsperren von Fritz und Hannes in der Heizungsanlage der Schule war da schon von anderem Kaliber. Schließlich hätten die beiden Schüler ernsthaft zu Schaden kommen können. Da die Mütter der beiden Jungen bei der Polizei Strafanzeige gestellt hatten, würde dieser Streich auch ein zivilrechtliches Nachspiel haben.

Die Zettel, die Hannes in seiner Jackentasche gefunden hatte, die bei seiner Mutter höchste Erregung und bei der Klassenlehrerin großes Erstaunen hervorgerufen hatten, waren ebenfalls Anlass lebhafter Diskussionen und Überlegungen, wie man sie bewerten sollte. Sie lagen als Kopien auf dem Tisch. Franks Schrift war von der Klassenlehrerin und anderen Lehrern einwandfrei identifiziert worden, es gab keine Zweifel.

„Das hört sich so an, als ob er dem kleinen Hannes eindeutige Angebote macht", meinte Arno Schütt. „Ist der vielleicht homosexuell? Könnte doch sein."

Der Lehrer blickte fragend in der Runde umher, doch alles schwieg, zuckte mit den Schultern oder blickte betreten vor sich auf den Tisch. Niemand wollte sich aus dem Fenster hängen, das Thema war heikel.

Gernot Timm biss sich auf die Lippen, sagte aber auch nichts. Er wusste, dass es in dieser Minute seine Pflicht gewesen wäre, von seiner nächtlichen Begegnung mit dem Schüler vor dem einschlägigen Lokal zu berichten; damit wäre dessen Homosexualität bestätigt. Sicher würde sich aber so mancher Kollege fragen, warum er selbst, Gernot Timm, sich dort aufgehalten hatte. Das galt es auf jeden Fall zu vermeiden. So schwieg auch Gernot Timm und nahm das schlechte Gewissen in Kauf, das sich in seiner Brust aufblähte wie frischer Hefeteig.

Jetzt mischte sich der Schulleiter ein.

„Also, Kollegen, nun mal langsam. Wir haben weder einen Anhaltspunkt dafür, dass die Zettel homosexuelle Annäherungen bedeuten sollten, noch dafür, dass Frank entsprechend veranlagt ist. Wir können nichts beweisen. Deshalb müssen wir uns jeglicher Verdächtigungen in dieser Hinsicht enthalten, wenn wir uns nicht den allergrößten Ärger ins Haus holen wollen. Nur Fakten bringen uns weiter und die gibt es meines Wissens nicht. Unter Umständen müssen wir uns zu diesem Punkt später noch einmal zusammensetzen und die Schulpsychologin dazu bitten. Machen wir also weiter. Frau Kampmann; bitte berichten Sie uns über vorhergegangene Erziehungsmaßnahmen, damit wir zur Abstimmung kommen können."

„Frank Reichert hatte schon tageweisen Ausschluss vom Unterricht und einen einwöchigen vor einem halben Jahr."

„Gut. Ich meine, wir sollten dem endgültigen Ausschluss noch einen vierwöchigen vorausschicken. Vielleicht bewirkt der ja doch noch eine Verhaltensänderung bei diesem Schüler, wenn in einem guten halben Jahr die Abschlussprüfung ansteht", schlug der Schulleiter vor.

Das Kollegium folgte seinem Vorschlag. Es wurde abgestimmt und beschlossen, den Schüler Frank Reichert für vier Wochen vom Unterricht auszuschließen. Die dadurch versäumten Klassenarbeiten waren im Anschluss daran nachzuholen. Der Brief an die Erziehungsberechtigten sollte noch am selben Tag hinausgehen.

Frau Kampmann fing Frank in der Pausenhalle ab und teilte ihm den Beschluss der Klassenkonferenz mit.

„Leider hast du dir einen vierwöchigen Schulausschluss eingebrockt, Frank; ich hoffe sehr, dass er dich zur Vernunft bringen wird und du dich anschließend auf den Schulabschluss konzentrierst, der dann immer noch möglich ist, wenn du dich anstrengst und keine Dummheiten mehr machst."

Franks Wangen und Stirn liefen zornesrot an, er riss die Faust hoch, als wolle er seiner Klassenlehrerin ins Gesicht schlagen.

„Hören Sie doch auf mit dem Gesülze", schrie er. „Tun Sie doch nicht so, als ob Sie sich für mich interessieren; das ist doch alles verlogen, blödes Geschwätz."

Ruhig bleiben, sich nicht provozieren lassen, unter keinen Umständen, ermahnte sich Frau Kampmann und biss sich auf die Lippen.

„Rede dir das doch nicht ein, Frank, und fang bloß nicht an, auf Mitleid zu machen. Zu sagen, die andern sind schuld an meiner Misere, ist leicht, entspricht aber in keiner Weise der Wahrheit. Niemand hat dich gezwungen, Hannes ständig zu quälen, Fritz und Hannes einzusperren, die Nummer mit der Plastikschlange abzuziehen, oder? Übernimm gefälligst die Verantwortung für dein Tun und hör auf zu jammern."

Franks Gesichtsfarbe wechselte zu wütendem Weiß.

„Das Eine will ich Ihnen mal sagen", brüllte er, „Sie versauen mir meine Zukunft, jawoll, Sie sind schuld, wenn ich keine Lehrstelle bekomme! Meine Eltern werden beim Schulamt Anzeige gegen Sie erstatten, dann wollen wir mal sehen."

Frau Kampmann fand es müßig, auf solche lächerlichen Drohungen einzugehen.

„Lehrstelle? Was willst du denn lernen, hast du schon eine?"

Frank antwortete nicht und starrte angestrengt auf den Boden, den Rucksack an sich gepresst, mit zittrigen Fäusten, die innere Anspannung verrieten. Doch Frau Kampmann ließ sich nicht beeindrucken und zu einer Mitleidsäußerung verführen.

„Bevor ich's vergesse: Wo ist die Uhr von Fritz? Die rückst du bitte sofort heraus, oder soll ich den Rucksack auskippen und die Polizei verständigen?"

Einen Moment starrte Frank seine Lehrerin an, als wolle er sich auf sie stürzen, besann sich aber im letzten Augenblick. Langsam fuhr er mit der rechten Hand in die Hosentasche, zog Fritz' Uhr hervor und ließ sie schweigend in die ausgestreckte Hand der Lehrerin fallen. Dann drehte er sich um und stürzte davon.

Am nächsten Tag passte Frank den Briefträger ab, der stets am frühen Nachmittag in der Nähe der Reichertschen Wohnung auftauchte. Der Brief aus der Schule war tatsächlich in der Post. Frank nahm ihn an sich, ignorierte die Rufe seiner Schwester, schloss sich in seinem Zimmer ein und riss den Umschlag auf. „… müssen Ihnen leider mitteilen … ab sofort vier Wochen vom Unterricht ausgeschlossen … die in dieser Zeit anfallenden Klassenarbeiten …". Trotz aller Coolness musste Frank schlucken, vier Wochen waren eine lange Zeit und die nachzuschreibenden Klassenarbeiten das Druckmittel, die Zeit nicht als zusätzliche Ferien anzusehen. Solche Schikanen konnten sich nur die Pauker ausdenken!

Frank schob den Brief zurück in den Umschlag und versteckte ihn unter seiner Wäsche. Er musste erst einmal über die Probleme nachdenken, die aus dem Schulausschluss entstanden. Wenn er überhaupt noch eine Chance auf die Abschlussprüfung hatte, dann nur, wenn er sich bei seinen Kumpels Unterrichtsstoff und Hausaufgaben holte und zu Hause lernte. Zorn kroch in ihm hoch wie eine hässliche Kröte. Doch nicht auf sich selbst, sondern auf Gernot Timm, diese Flasche von Lehrer, die nicht in der Lage gewesen war, ihn aus dieser Scheißsituation herauszuhauen. Er hätte es sich ja denken können. Diese Klugscheißer hatten einfach keinen Mumm, waren engstirnig und humorlos. Doch er würde sich rächen, das stand fest. Er würde den Timm für alle Zeit unmöglich machen. Das war für ihn, Facebook sei Dank, eine leichte Übung.

Zunächst galt es aber, sein Verhalten so einzurichten, dass Mutter und Schwester nicht merkten, dass er gar nicht in die Schule ging. Er würde die Wohnung zur gewohnten Zeit verlassen und zur gewohnten Zeit nach Hause kommen. Es war noch warm draußen, da konnte er die Unterrichtszeit gut im Freien verbringen, vielleicht sogar etwas Geld verdienen. No problem also.

Die traurigen Augen seiner Mutter und die prüfenden seiner Schwester waren allerdings ein großes Problem. Wenn sie ihn bloß einfach in Ruhe lassen würden!

Sein vorerst letzter Schultag stand unmittelbar bevor. Den Abgang wollt er allerdings so gestalten, dass Lehrer und Schüler ihn für die vier Wochen seiner Abwesenheit und darüber hinaus nicht vergessen würden. Erste Aufgabe war, die Gefolgsleute zu mobilisieren und einiges zu organisieren. Das Rufen Monikas hatte aufgehört, es wäre ihm auch egal gewesen. Bald musste die Mutter nach Hause kommen. Dann würde sich Monika über ihn beschweren, aber auch das war ihm egal.

Frank hängte sich ans Telefon. Der Boss würde sich auf eindrucksvolle Weise verabschieden.

Der nächste Tag schickte einen trüben Morgen voraus. Graues Zwielicht kroch über Parkplatz und Fahrradständer, über Schulhof, Bänke und Büsche. Zur Leere des Schulgeländes gesellte sich ein Gefühl von Trostlosigkeit, das durchaus Franks Seelenzustand entsprach; mit drei Kumpels hockte er verborgen im Gebüsch, auf den Moment wartend, wenn Hausmeister Schulz die Haupttür aufschloss, und das war meistens sehr früh. Sein kleiner Laden in der Pausenhalle wurde vor Unterrichtsbeginn beliefert. Herr Schulz würde sich anschließend anderen Geschäften zuwenden, die noch vor Unterrichtsbeginn erledigt werden mussten.

Jetzt ging in der Halle das Licht an. Schlüssel drehten sich knirschend im Schloss. Sogleich gab Frank den Freunden ein Zeichen, und sobald Herr Schulz der Tür den Rücken zugewandt hatte und davongeschlurft war, huschten sie unbemerkt ins Innere des Schulhauses und versteckten sich hinter den Säulen, bis der Hausmeister nicht mehr zu sehen und zu hören war.

Dann entfalteten die Eindringlinge hektische Geschäftigkeit, zerrten Stapel von Plastikbechern aus Tüten, hasteten zwischen der großen Treppe und der Jungentoilette hin und her, während sich draußen allmählich Schülertrauben versammelten und auf den Einlass warteten.

Endlich ertönte ein Gong, die große Tür wurde aufgerissen, und die Schüler stürmten drängelnd hinein. Die ersten, die die Treppe erreichten, blieben abrupt stehen und stutzten, wurden von den nachfolgenden bedrängt und geschubst, hinter denen weitere nachdrängten. Von der ersten bis zur letzten Treppenstufe standen Becher dicht an dicht und bis zum Rand mit Wasser gefüllt.

Die an der untersten Treppenstufe Stehenden zögerten, wussten nicht was tun, versuchten dann, zwischen den Bechern balancierend, die Treppe hinaufzukommen, was gleich misslang. Die Nachdrängenden schubsten und stießen. Es dauerte nicht lange, bis Becher umkippten, hinunterkullerten und sich Wasserbäche über die Stufen ergossen. Schüler glitten aus und saßen auf nassem Hosenboden, Geschrei und Gelächter nahmen stetig zu. Auch der Hallenboden wurde allmählich zu einer immer größer werdenden glänzenden, feuchten Fläche. Das Chaos war perfekt.

Die ersten Lehrer trafen ein.

„Was ist denn hier passiert?"

„So eine Sauerei!"

Sofort ergriffen einige Lehrer die Initiative, teilten die Schüler zur Mithilfe beim Aufräumen ein und versuchten die aufgeputschten Schülerströme um die größten Pfützen herum in die Klassenräume zu lenken.

„Ihr sucht den Hausmeister, er möchte bitte sofort herkommen."

„Ihr sammelt die Becher auf und leert die noch vollen in die Waschbecken der Schülertoiletten."

„Wo sind Putzlappen und Schrubber?"

Wie aus dem Nichts stand plötzlich der Schulleiter im Flur, Zornesfalten auf der Stirn und Unmut in der Stimme.

„Die Urheber dieser Schweinerei werden ihren Einfall noch schwer bedauern, das verspreche ich. Die Kollegen hier bitte ich, mit einigen Schülern weiter aufzuräumen, alle anderen gehen in ihre Klassenräume, die Lehrer gleich mit. Sorgen Sie bitte sofort für Ruhe und einen geordneten Unterrichtsbeginn. Wer etwas gesehen oder gehört hat oder die Verursacher benennen kann, meldet sich in der ersten Pause bei mir."

Dass drei Schüler der 10b recht spät in der Halle erschienen, dass sie dem feuchten Aufruhr scheinbar desinteressiert gegenüber standen, dass sie schweigend geradewegs auf ihr Klassenzimmer zusteuerten, fiel in dem Durcheinander niemandem auf.

Nach einer weiteren halben Stunde lag nur noch ein feuchter Film auf den Treppenstufen, die Putzgeräte waren fortgeräumt, die Halle lag verlassen da.

Alles war wie immer.

21

Hannes fröstelte, obwohl noch warme Luft über der Schutthalde waberte. Jetzt gegen Abend stand die Sonne schon ziemlich schräg. Graue Kieswüsten und braune Sandhügel atmeten Trostlosigkeit aus. Kein einziger grüner Stängel war zu sehen, kein Vogel zu hören. Nur der Straßenverkehr rauschte in der Ferne wie das Meer. Nein, Hannes fühlte sich in seiner Haut überhaupt nicht wohl, Beklemmung beschlich ihn. Worauf er sich da nur eingelassen hatte! Außerdem hatte er seine Mutter angeschwindelt und gesagt, er sei mit Fritz im Kino. Aber darauf kam es nun auch nicht mehr an. Was, wenn Fritz einen Rückzieher machte, ihn im Stich ließ? Achtzehn Uhr war schon vorbei. Nein, so war Fritz nicht, der ließ einen Freund nicht hängen, er würde gleich kommen; seine laute Munterkeit würde alle Beklemmungen wegpusten wie frischer Wind. Hannes setzte sich in eine Sandkuhle am verabredeten Platz und starrte in die vorüberziehenden Wolken, die von der Abendsonne einen leicht rosa Anstrich bekommen hatten und die ihm wie weiße Schiffe erschienen, unterwegs mit unbekanntem Ziel. Hinter den Wolken ging es weiter, immer weiter in das blaue Nichts, das sich irgendwann in Schwärze verwandelte, in der Sterne ihre Bahnen zogen, auf denen fremde Wesen lebten. Hannes war unterwegs mit einem Raumschiff und entdeckte unbekannte Welten …
„Hi, der große Terminator ist da!"
Mit einem Satz sprang Fritz hinter einem Sandbuckel hervor und landete direkt neben Hannes, so dass der zusammenzuckte.
„Musst du einen immer so erschrecken, Mann."
„Tut mir Leid, tut mir Leid, schneller ging's nicht heut", summte Fritz, zog seinen bauchigen Rucksack zwischen die Knie und fing an, ihn aufzumachen.
„Erst das Vergnügen, dann die Arbeit, hurra. So macht's immer die Mafia."

Hannes wusste schon, was kam: Eine halbe Pizza, zu der Hannes eine Flasche Apfelsaftschorle, die er aus seinem Rucksack zog, beisteuerte. Fritz riss ein großes Stück von dem Teigfladen ab und gab es Hannes.

„Wünsche wohl zu speisen, der Herr."

Eigentlich hatte Hannes keinen Hunger, doch er wollte Fritz nicht kränken, und seine Pizzastücke schmeckten wirklich gut. Sie aßen und nahmen abwechselnd einen Schluck aus der Flasche.

„Ausgerechnet heute war meine Mutter früher zu Hause als sonst, war gar nicht so einfach, die Pistole in den Rucksack zu schmuggeln, so dass sie nichts merkt", nuschelte Fritz zwischen abbeißen, kauen und schlucken.

„Jetzt zeig doch mal", drängelte Hannes.

Fritz sprang auf.

„Gleich. Jetzt hab ich erst mal Darmalarm. Bin gleich wieder da."

Er verschwand hinter einem großen Kieshaufen. Hannes gähnte und wartete. Noch nie hatte er eine echte Pistole gesehen. Fritz machte es wirklich spannend. Jetzt ließ er sich wieder neben Hannes in den Sand plumpsen. Auch er gähnte.

„Auf geht's, bevor ich Fresslähmung kriege."

Er kramte in seinem Rucksack das Unterste nach oben, zog dann ein längliches Etwas, in ein Shirt gewickelt, heraus. Langsam entfernte er den Stoff, während Hannes' Augen, immer größer werdend, seinen Fingern gebannt folgten. Der entscheidende Moment war endlich gekommen. Fritz hielt die schwarze Waffe hoch und schwenkte sie vor dem Gesicht seines Freundes.

„Siehst du, das ist eine Softair Pistole."

Hannes verzog das Gesicht.

„Ist das überhaupt eine richtige Pistole, oder ist das nur ein Spielzeug? Ich dachte, dein Vater hat eine richtige, eine echte."

Die Enttäuschung war Hannes anzumerken. Mit Kinderkram wollte er sich eigentlich nicht abgeben, sich lächerlich machen schon gar nicht.

„Schießt man mit dem Dings da auch mit richtigen Kugeln?"

„Jetzt halt mal die Luft an, Mann, eins nach dem andern, halt die mal. Denkst du, etwa mit Murmeln? Nee, mit Kunststoffkugeln, aber die können auch ganz schön verletzen. Ich hab welche dabei."

Fritz versenkte seine Hand wieder im Rucksack und förderte eine kleine Dose zutage. Hannes wagte nicht sich zu rühren. Mit beiden Händen hielt er die Waffe, nicht nur seine Finger zitterten, auch die Arme schwankten leicht hin und her. Er musste es unbedingt schaffen, die Pistole ruhig zu halten, sonst wurde das nie was mit dem Schießen.

„Gib her."

Fachmännisch öffnete Fritz die Waffe und schob eine Kugel ins Magazin.

„Können wir hier überhaupt schießen? Wenn das jemand hört, sind wir geliefert."

Unruhig sah sich Hannes um, doch kein Mensch war zu sehen. Fritz beruhigte ihn.

„Wir tun doch nur so. Erst mal üben wir die richtige Haltung und das Zielen, zuletzt darf jeder einen richtigen Schuss abgeben, aber nur vielleicht. Ich zeig dir, wie das geht. Außerdem kann ich die Kugeln nicht einfach so verplempern, mehr hab ich nämlich nicht. Und meine Mutter darf nichts merken."

Fritz stand auf, rollte seine Jacke zusammen und legte sie in geringer Entfernung auf einen Stein.

„Das ist der Feind."

Dann baute er sich breitbeinig vor Hannes auf. Die Pistole hielt er mit beiden Händen und gestreckten Armen vor seinen Körper.

„Siehst du, so. So machen es die Verbrecher und Kommissare in den Filmen. Hab ich im Fernsehen gesehen. Jetzt üben wir das mal: Pistole hochreißen, Jacke anvisieren und so tun, als ob man abdrückt, aber auf keinen Fall richtig abdrücken, hörst du? Immer abwechselnd. Ich fang an."

„Hochreißen–zielen–abdrücken-peng! Hast du's gesehen? Wenn das Ziel niedriger ist, muss man die Pistole nach dem Hochreißen wieder absenken, ist doch klar, nicht? Jetzt kommst du."

Hannes' Hände zitterten vor lauter Aufregung, kaum konnte er die Pistole halten.

„Ganz ruhig, Mann. Nimm noch mal runter, tief durchatmen. Und jetzt. Ich kommandiere, pass auf: drei-zwei- eins-null, hochreißen-gucken-peng! Siehst du? Geht doch. Jetzt komm ich wieder."

Fast erleichtert gab Hannes die Pistole wieder ab. Seine Hände waren schweißnass, er wischte sie an den Hosenbeinen ab. Bald waren beide Jungen so in ihr Tun vertieft, dass sie ihre Umwelt vergaßen. Geredet wurde in den nächsten Minuten nicht viel. Hannes fing an zu schwitzen vor lauter Anstrengung und Konzentration. Die Pistole wanderte von einem zum anderen, Fritz gab das Kommando nur noch leise flüsternd.

„Jetzt machen wir das mal mit Anschleichen."

Prüfend musterte Fritz die Umgebung.

„Wir gehen hinter den hohen Sandhaufen da drüben, schleichen uns hier herum. Sobald du den Stein mit meiner Jacke siehst, der ist ja der Feind, machst du, was wir geübt haben, kapiert? Das muss immer schneller gehen. Ich fang wieder an, und du guckst zu."

Hannes war nicht wohl in seiner Haut, nicht nur vom Schwitzen. Schießen war weitaus schwieriger, als er es sich vorgestellt hatte. Der Gedanke, dass ein Mensch tot zurückblieb, pochte bei jedem Hochreißen der Waffe mahnend in seinem Kopf. Doch ein Zurück gab es nun nicht mehr, ohne sich für alle Zeiten unsterblich zu blamieren. Hannes versuchte, die inwendigen Mahner mit noch größerem Übungseinsatz abzuwürgen. Immer wieder schlichen die Jungen hinter dem Sandhaufen hervor: stehen, Pistole hochreißen, peng!

Inzwischen war die Sonne verschwunden, die Dämmerung legte immer längere Schatten zwischen die Sandhügel, die Häuser der Stadt wurden zur verschwommenen Silhouette.

Niemals wäre Hannes und Fritz in den Sinn gekommen, dass ein neugieriges Augenpaar ihr Tun beobachten könnte, ein Augenpaar, das dem Klassenkameraden Kevin gehörte, einem strammen Gefolgsmann von Frank. Den Haarschopf von Hannes entdecken und das Mountainbike hinter einen Sandhügel werfen, war eins. Lautlos hatte er sich an den unerwarteten Schauplatz herangerobbt und mit ungläubigen Augen verfolgt, was da abging. Ausgerechnet die beiden Looser Fritz und Hannes machten Schießübungen, Kevin konnte es kaum fassen. Hatten die etwa eine echte Pistole? Das wäre schon ein unglaublicher Hammer. Was der Boss dazu sagen wird? Kevin feixte und zog genüsslich sein Handy aus der Hosentasche. Selten hatte er eine so sensationelle Neuigkeit zu überbringen.

„Wir schießen heute doch nicht richtig", machte Fritz einen Rückzieher, „das heben wir uns für das nächste Mal auf. Ist besser, ich hab so ein ungutes Gefühl, der Feind ist überall."

Er ahnte nicht, wie Recht er damit hatte; er ahnte nicht, dass ihr Erzfeind gerade in diesem Moment Mitteilung von den Schießübungen erhielt, schneller, als er seine Pistole im Rucksack verstaut und seine Jacke angezogen hatte; dass auf der Gegenseite auch Pläne geschmiedet wurden, solche, die sich mit denen von Fritz und Hannes in keiner Weise vertrugen; dass ihr Vorhaben in Gefahr war.

„Dein Vater hat heute angerufen!"

Hannes legte das Besteck hin, mit dem er gerade sein Schnitzel bearbeitete, und sah seine Mutter fragend an.

„Er will uns besuchen, also eigentlich ja dich; er will selber sehen, wie es dir geht. Wahrscheinlich klang meine Stimme beim letzten Telefonat leicht hysterisch. Freust du dich denn gar nicht?"

Hannes legte die Stirn in Falten und starrte auf sein Schnitzel. Die Frage, ob er sich freue, war wirklich berechtigt. Sein Kopf war so voller Probleme, da hatten Gedanken an den Vater im Moment gar keinen Platz. Außerdem war weder Weihnachten, noch Ostern oder Geburtstag, Tage, an denen der Vater normalerweise in Erscheinung trat. Aber jetzt, so mitten im Schuljahr? Doch Hannes wollte nicht auch noch eine Auseinandersetzung mit der Mutter.

„Ja ja, sogar sehr. Aber du sollst dir nicht so viele Gedanken machen, und er sich auch nicht. Ich krieg meine Sachen schon hin."

Frau Friedmann zog die Mundwinkel nach unten und schüttelte den Kopf, aus ihren Augen sprach Skepsis.

„Meinst du das wirklich? Da habe ich aber manchmal einen ganz anderen Eindruck, oft wirkst du richtig bedrückt. Auf jeden Fall kommt er her, er hat geschäftlich in der Nähe zu tun. Ich konnte ja schlecht sagen, dass er nicht kommen soll. Er will auch zu deiner Klassenlehrerin gehen und mit ihr reden."

Panik flatterte in Hannes' Augen auf.

„O nein, bloß das nicht. Wenn die andern das mitkriegen, lachen die mich aus. Ich bin doch kein kleines Kind mehr. Ich kann meine Angelegenheiten selber regeln."

„Ich habe da so meine Zweifel, Hannes. Vielleicht ist es gar nicht so schlecht, wenn sich ein Vater mal blicken lässt, sozusagen als Respektsperson."

Jetzt verzog Hannes das Gesicht. Wieder einmal beschlich ihn das Gefühl, dass seine Mutter überhaupt keine Ahnung hatte, wie es in der Schule abging.

„Also eigentlich würde ich lieber mit ihm ins Kino gehen, wenn er schon mal da ist, zum Beispiel einen Science-Fiction-Film ansehen. Da läuft doch gerade einer im „Metropol". Das wäre toll."

„Ich weiß zwar nicht, wie lange er bleiben wird, aber das klappt bestimmt auch noch. Wir werden schon noch Genaueres erfahren."

Hannes war müde, er hatte keine Lust mehr, mit seiner Mutter zu diskutieren, wollte allein mit seinen Gedanken sein. Und Dinge, über die er nachdenken musste, gab es einige.

„Ich bin satt und todmüde. Ich geh nach oben, muss ein paar Schulsachen einpacken für morgen, Vokabeln noch einmal ansehen, solche Sachen eben. Gute Nacht."

„Gute Nacht, Hannes, schlaf gut. Vielleicht schaue ich nachher noch mal nach dir."

„Nicht nötig."

22

Als Frau Kampmann am nächsten Vormittag ihr Klassenzimmer ansteuerte, sah sie eine triumphierend lächelnde Tina vor der Tür stehen.

„Guten Morgen, Frau Kampmann, ich wollte Ihnen nur sagen: Die Polizei hat den Mann gefasst, der mich vergewaltigen wollte."

„Gott sei Dank! Das ging aber wirklich schnell."

„Ja, meine Eltern und ich waren auch froh, als uns die Polizei vorgestern anrief. Jetzt sitzt der in Untersuchungshaft. Und stellen Sie sich vor, der hat gleichzeitig mit mir auch andere Mädchen angemacht und solche Sprüche abgedrückt, von wegen Liebe und so. Und nicht alle sind so glimpflich davongekommen wie ich. Mann, war ich blöder als blöd."

„Nun ist ja gut, Tina. Sei froh, dass das Ganze für dich ein erträgliches Ende genommen hat. So, nun lass uns mal reingehen."

Frau Kampmann öffnete die Tür.

„Guten Morgään."

Ein neuer Schultag begann.

„Bevor wir uns den Aufsatzformen zuwenden, die prüfungsrelevant sind, möchte ich euch meine Überlegungen bezüglich der letzten Lektüre in eurem Schülerdasein mitteilen. Auf dass ihr ewig an mich denken möget. Ich finde die Idee von Tina gar nicht so schlecht, sich am Ende eures Deutschunterrichts an dieser Schule an einem Klassiker zu versuchen."

Das Stöhnen aus den letzten beiden Bankreihen war unüberhörbar, Emmas genervter Augenaufschlag nach hinten unübersehbar.

„Die Vollpfosten geben wieder Laut", schleuderte sie rückwärts über ihre rechte Schulter. Doch Frau Kampmann wollte die Diskussion nicht wieder anfachen und redete schnell weiter.

„ ‚Goethes Faust, Teil eins' könnte das Richtige für uns sein, wenn ich den Text so aufbereite, dass wir Teile davon gemeinsam lesen, der eine oder andere von euch einen vorbereiteten Teil vorträgt und ich für euch andere

Passagen zusammenfasse. Aber noch ist es nicht so weit, erst müssen wir uns um den Prüfungsaufsatz kümmern."

Valeria reckte sich aus ihrem Stuhl und wedelte mit der Hand durch die Luft.

„Frau Kampmann, ich meine, wir sollten den anderen noch von unserem gestrigen Versuch erzählen, Peter zu besuchen."

Ja, das musste wohl sein, dachte die Klassenlehrerin, obwohl sie lieber zum Unterrichtsstoff weitergegangen wäre. Die Mitschüler hatten ein Recht darauf zu erfahren, was geschehen war. Ihr wurde das Herz wieder schwer, als sie sich zurück erinnerte, wie sie und einige Schülerinnen, die sie in ihrem Auto mitgenommen hatte, auf dem Krankenhausflur von dem Arzt angehalten wurden, den sie schon einmal kennengelernt hatten; wie er ihnen mitteilte, dass sie Peter nicht besuchen könnten, weil es ihm zu schlecht ginge; wie Frau Kampmann in seinen Augen lesen konnte, dass die Mädchen und sie Peter wohl nie mehr wiedersehen würden. Niedergeschlagen hatten sie das Krankenhaus verlassen, und um die Schülerinnen mit ihrem Kummer nicht allein zu lassen, hatte sie sie in eine Eisdiele eingeladen. Doch auf die ganz direkte Frage eines Mädchens war sie dann auch nicht gefasst.

„Muss Peter sterben?"

Sie hatte fieberhaft überlegt, wie sie darauf antworten sollte, wie viel Wahrheit die Jugendlichen vertragen konnten, die eben noch keine Erwachsenen waren.

„Ich weiß es nicht", hatte sie dann gesagt. „ Nur eins weiß ich gewiss: Die Ärzte werden alles tun, um Peters Leben zu erhalten. Die Medizin vermag vieles, aber eben auch nicht alles. Wir wollen die Hoffnung nicht aufgeben."

Dass die Stimmung auf der Rückfahrt bedrückt blieb, konnte sie nicht verhindern. Auch nicht, dass die Mädchen mit hängenden Köpfen nach Hause schlichen. Nur hoffen, dass gesprächsbereite Eltern den Kummer ihrer Töchter auffingen.

Heute war ein neuer Tag. Valeria stand auf.

„Also, wir haben Peter nicht sehen dürfen, es geht ihm sehr schlecht. Vielleicht, wenn es ihm besser geht, versuchen wir es noch einmal. Frau Kampmann wird auf der Station anrufen."

Die Klassenlehrerin senkte den Kopf und nickte verhalten. Valeria setzte sich, niemand sagte etwas. Was gab es auch noch zu sagen?

Behutsam dirigierte die Lehrerin die Schüler zum Unterrichtsstoff zurück. Sie folgten ihr willig zu Aufsatzformen und deren Besonderheiten. Arbeit war allemal besser als ein Verharren in lähmender Traurigkeit.

Es klingelte zur Pause, die Schüler legten ihre Sachen zusammen und drängten aus dem Klassenzimmer, während Frau Kampmann den Lehrertisch aufräumte und ihr Material einpackte. Fritz stieß Hannes an.

„Komm mit!"

Er steuerte mit schnellen Schritten den schmalen Gang zu den Schülertoiletten an, obwohl der Aufenthalt dort nicht erlaubt war. Während Hannes sich bemühte, mit dem Freund Schritt zu halten, schob er die Hände in die Jackentaschen - und erstarrte. Im selben Moment wusste er, was geschehen war und was gleich geschehen würde, wenn er die Hände herauszog. Als Fritz stehen blieb und sich zu ihm umdrehte, hielt Hannes ihm einen Zettel vors Gesicht. Der Freund schaute ihn fragend an, während er ihn auseinander faltete; Hannes stand blass und stumm neben ihm.

„Wo kommt der denn her? Also Frank, ich weiß nicht, der ist doch noch gar nicht wieder in der Schule", stotterte Fritz hilflos.

„Kevin aber, also no problem für Frank, diesen Wisch durch seinen Handlanger in meine Tasche zu schmuggeln, wie auch immer", flüsterte Hannes. Die Stimme versagte ihm.

Wir wissen Bescheid – Big Boss sieht alles, weiß alles - nehmt euch in Acht – kleine süße Jungs sollten nicht mit Pistolen spielen – lieber mit Puppen

„Scheiße, Scheiße, Scheiße."

Fritz hatte einen roten Kopf bekommen und ruderte mit den Händen durch die Luft wie immer, wenn er sich aufregte. Sämtliche Munterkeit und flotten Sprüche waren im Nu verflogen. Zu allem Unglück steuerte Emma geradewegs auf die beiden zu, die konnten sie nun überhaupt nicht brauchen. Blitzschnell schob Fritz den Zettel in Hannes' Jackentasche zurück, da blieb Emma auch schon vor den Jungen stehen, die Hände tief in den Riesentaschen ihrer weiten Latzhose vergraben; modischer Jungmädchenlook war ihre Sache nicht.

„Gibt's ein Problem?"

„Nö, wieso?"

„Ich mein bloß, ihr steht da so wie bestellt und nicht abgeholt. Wenn was ist, braucht ihr nur Bescheid zu sagen. Scheint so, als ob Kevin euch jetzt an Franks Stelle auflauert."

„Ach ja, wirklich? Haben wir gar nicht gemerkt. Ist aber nichts, lass uns in Ruhe."

Emma schaute sie prüfend an, zuckte dann mit den Schultern, drehte sich um und schlenderte zurück zu einer Gruppe Mädchen. Aus den Augenwinkeln sah Fritz gerade noch, wie Kevin Emma abfing und sie anstieß, so dass sie stehen blieb. Fritz beobachtete die Szene kritisch.

„Möglich bis wahrscheinlich, dass Kevin uns auf der Schutthalde bei unseren Schießübungen beobachtet hat", flüsterte Hannes.

„No shit, Sherlock Holmes. So eine Scheiße."

Was jetzt geschah, lief wie eine Filmszene in einen Drehbuch vor ihren Augen ab: Kevin redete auf Emma ein; er fasste sie am Arm und machte mit der anderen Hand die Bewegung des Schießens; Emma schüttelte seine Hand ab, drehte sich um und ging weg; Kevin schickte einen wütenden Blick in Richtung Fritz und Hannes, zeigte ihnen den Stinkefinger und verschwand in eine andere Richtung; zwei reichlich verdatterte Mitschüler standen wie angewachsen und sahen sich fragend an.

Unwillig blieb Frau Kampmann auf ihrem Weg zum Lehrerzimmer stehen und blickte sich um. Schon wieder Emma, die ihr hinterher rief.

„Was ist denn nun schon wieder, Frau Kommissarin?"

„Machen Sie sich bitte nicht über mich lustig, Frau Kampmann. Was ich sehe, das sehe ich. Und diese Sache kommt mir schon sehr komisch vor. Sie sollten sich die wenigstens mal anhören, meine ich. Also: In der vorigen Pause war Kevin bei mir. Er behauptet, Fritz und Hannes zufällig dabei beobachtet zu haben, wie sie mit einer Pistole, einer echten, richtigen, Schießübungen gemacht haben. Draußen auf der Schutthalde hinter dem Neubaugebiet. Können Sie sich das vorstellen? Ausgerechnet die beiden Angsthasen, Hosenscheißer, mit einer Pistole in der Hand? Aber wenn nun was Wahres dran ist? Heißt es nicht immer, wir sollen die Augen offen halten und Verdächtiges melden? Also ich finde das sehr verdächtig.“
Selbstsicher stand Emma da und sah ihre Lehrerin herausfordernd an. Frau Kampmann erwiderte ihren Blick, sagte erst mal gar nichts und überlegte. Schüler und Waffen gehörten seit etlichen Amokläufen zu den äußerst sensiblen Themen, dessen war sie sich bewusst. Deshalb konnte sie nicht einfach darüber hinweggehen. Emma setzte noch eins drauf.
„Kevin ist doch ein Spezi von Frank. Was Kevin sieht und hört, weiß fünf Minuten später auch Frank. Und von dem Moment an könnte es brenzlig werden, meine ich. Frank ist unberechenbar, das weiß doch jeder.“
„Da könntest du sogar Recht haben, Emma; ich werde mir das, was du erzählt hast, durch den Kopf gehen lassen. Erst mal herzlichen Dank für die Information. Wir sehen dann weiter.“
Sie ließ Emma stehen und eilte auf das Lehrerzimmer zu, während sie das eben Gehörte durchdachte. Das Nächstliegende war, Fritz und Hannes selbst zu fragen, was es mit der Pistole auf sich hatte. Wahrscheinlich war die Anschuldigung ein Gerücht wie so vieles, was sich durch die Schulflure ergoss wie Wasser aus einem geborstenen Rohr. Hannes und Fritz bei Schießübungen, das konnte sie sich beim besten Willen nicht vorstellen. Dann würde sie sich mit der Schulleitung beraten, sobald sich eine Gelegenheit dazu ergab. Wahrscheinlich würde das aber gar nicht nötig werden. Jetzt musste sie sich auf das verabredete Gespräch konzentrieren.
Wie hätte sie wissen sollen, dass Emmas Bemerkung sofortiges Handeln ihrerseits erforderte, dass alles, was später an Unbegreiflichem geschah,

vielleicht hätte vermieden werden können, wenn sie sofort und ohne Wenn und Aber die richtigen Schritte unternommen hätte. Wenn!

„Frau Kampmann, kommen Sie doch bitte kurz ins Rektorat, es dauert nicht lange."
Schulleiter Ossowsky stand in der Tür zu seinem Zimmer, sah der Kollegin freundlich entgegen und bat sie mit einer auffordernden Handbewegung herein.
„Bitte nehmen Sie doch Platz."
Er selbst setzte sich auf der anderen Seite des Tisches auf seinen Stuhl.
„Ich muss zugeben, Sie haben es in diesem Schuljahr wirklich nicht leicht. Ihre Klasse ist mit problembesetzten Schülern gut bestückt. Und die Abschlussprüfungen sollen auch sorgfältig vorbereitet sein. Nun muss ich Ihnen und Ihren Schülern leider eine weitere Hiobsbotschaft zumuten: Ihr Schüler Peter Busse ist letzte Nacht verstorben."
Für einen kurzen Augenblick war es still im Zimmer, durch die geschlossene Tür hörte man dumpfes Gemurmel aus dem Lehrerzimmer, durch die Fenster helle Kinderstimmen vom Pausenhof.
Für einen kurzen Augenblick verharrte die Zeit zwischen Leben und Tod; erst Kemal, und nun Peter.
Für einen kurzen Augenblick fragte sie sich: Warum nur immer ich, warum nur immer meine Klasse? Keine Antworten.
Frau Kampmann wusste, dass ihr ein weiterer schwerer Gang zu ihren Schülerinnen und Schülern bevorstand. Die Zeit ließ sich nicht anhalten, sie musste das tun, was der Augenblick von ihr forderte. Fritz und Hannes, Frank und Kevin, und nicht zuletzt Emma, in ihren Gedanken hatten sie zurückzutreten hinter die Überlegung, wie sie den Mitschülern den Tod eines weiteren Kameraden mitteilen sollte. Sie fröstelte.
„Es tut mir wirklich leid, Frau Kampmann. Doch Sie schaffen das."
Hatte sie das nicht schon mal gehört? Das Klingelzeichen beendete die Pause. Der Schulleiter war aufgestanden, Frau Kampmann ebenfalls. Schweigend verließ sie das Rektorat.

„Fritz, jetzt warte doch mal!"

Hannes hastete hinter Fritz her, der inmitten eines Pulks von Kindern hinaus auf den Schulhof stürmte. Dass der Freund froh war, dem Vormittagsstress entronnen zu sein, konnte Hannes gut verstehen, ging es ihm selbst doch nicht anders.

Fritz blieb stehen und drehte sich um.

„Ist was?"

„Was für eine dämliche Frage."

Mit hochroten Wangen und vor Zorn sprühenden Augen stand Hannes vor ihm.

„Es ist so weit, Fritz. Findest du nicht auch? Der Tag aller Tage ist gekommen. Jetzt."

„Nun mach mal langsam, du Hektiker. Schließlich erfordert eine so wichtige Angelegenheit solide Planung."

„Solide Planung, solide Planung, dass ich nicht lache! Wir planen seit Wochen. Soll ich warten, bis weitere Briefe in meiner Tasche landen, bis Frank wieder im Klassenzimmer auftaucht, bis uns seine Bande wieder einsperrt, zusammenschlägt oder sonst was? Alles wie immer. Ist es das, was du willst?"

Hannes' Stimme überschlug sich, die Frage versickerte in einem Wimmern. Fast war es Fritz, als ob Tränen in den Augen des Freundes standen. Er erschrak.

„Bist du jetzt voll durch oder was? Mensch, nun komm mal wieder runter."

„Ist doch wahr."

Hannes schniefte und zog ein Taschentuch aus der Jackentasche. Langsam beruhigte er sich wieder. Fritz fasste ihn am Arm, spürte, dass der Freund zitterte.

„Ich mache dir einen Vorschlag: Wir treffen uns um fünf, du weißt schon, wo. Dann sprechen wir alles ganz genau durch, okay?"

„Okay. Und du bringst deine Pistole mit, aber nicht die Softair, sondern die richtige, echte. Du hast es mir versprochen. Freunde halten ihre Versprechen, oder etwa nicht? Morgen ist der Tag."

Hannes drehte sich um und ging weg, ohne noch einmal zurückzublicken. Er ließ einen geschockten Fritz zurück, dem alle coolen Sprüche vergangen waren, dem auf einen Schlag mehrere Dinge klar wurden: Sein Freund meinte es ernst, todernst; aus dem schüchternen Hänschen war ein energischer Hannes geworden. Die Frage, ob er seinem Freund eine echte Waffe in die Hand geben sollte, fing plötzlich an ihn zu quälen, nachdem er wochenlang mit deren Besitz geprahlt hatte. Eins war sicher: Er hatte sich in eine Lage manövriert, aus der er im Moment keinen Ausweg sah; mit anderen Worten: Er hatte ein echtes Problem.

Hannes hatte die Tür von innen abgeschlossen. Sollte seine Mutter denken, was sie wollte. Aufgeschlagen lag sein Tagebuch vor ihm auf dem Schreibtisch, den Kuli drehte er hin und her. Wie sollte er nur anfangen, wenn er doch nicht wusste, wie der nächste Tag verlaufen würde? Schreiben musste er, Druck abbauen, er hatte das Gefühl, dass er sonst platzen würde.
Im Hintergrund lief die Zauberflöte. Doch heute Abend standen ihm die Rachegelüste der Königin der Nacht näher als das Liebesgeflüster Paminas.
„Der Hölle Rache kocht in meinem Herzen,
Tod und Verzweiflung flammet um mich her."
Das kam Hannes' Seelenzustand bedeutend näher.

Sie lassen mich nicht in Ruhe, also muss es geschehen. Ich muss das durchziehen, koste es, was es wolle. Dann werde ich innerlich frei sein und vor niemandem mehr Angst haben, mein Leben lang. Papa wird stolz auf mich sein. Was mit Fritz ist, weiß ich nicht. Er war heute so komisch. Will er mich etwa im Stich lassen? Aber er ist doch mein Freund!!!

Hannes legte den Stift weg. Er war wirklich sehr müde. Schnell schloss er die Tür wieder auf, ging ins Bad und dann ins Bett. Als Frau Friedmann vor dem Schlafengehen vorsichtig die Türklinke zum Zimmer ihres Sohnes herunterdrückte und hineinschaute, lag Hannes im Bett und schlief fest. Die Nachttischlampe brannte. Auf dem Schreibtisch lag das Tagebuch, aufgeschlagen, zum Verstecken war Hannes wohl zu müde gewesen. Doch sie widerstand der Versuchung, darin zu lesen, im Wissen, dass Jugendliche ihre Rückzugsräume, auch die inneren, brauchten. Einen Vertrauensbruch wollte sie nicht begehen.

Später, als alles vorbei war, würde sie genau das aus tiefstem Herzen bereuen.

23

Warum nur musste das Leben so sterbenslangweilig sein?

Diese Frage kreiselte in Franks Kopf wie der Rotor am Hubschrauber. Der Jugendliche schlich um das Schulgelände, immer auf der Hut vor Lehrern, die ins Gebäude eilten, vor Schülern, die zu spät kamen, und besonders vor dem Hausmeister, der die Beobachtung eines sich um das Schulgebäude herumdrückenden Schülers sofort im Sekretariat melden würde.

Stahlblau spannte sich der Himmel über Haus und Hof, ein kalter Wind wirbelte vertrocknete Blätter über den Asphalt, ihr sanftes Knistern und Schaben waren die einzigen Geräusche vor dem gleichmäßigen Rauschen des Straßenverkehrs. In Franks Ohren klangen sie wie Hohn. Du Versager, flüsterten sie, du Nichtsnutz hier in der Schule und zu Hause, du bist eine fette Null.

So dachten Mutter und Schwester, mit denen er kaum noch ein Wort wechselte, denen er auswich, wann immer es ging, denen er nicht in die Augen sehen konnte. So dachten die Mitschüler, die er quälte, wenn sie ihm die Gefolgschaft verweigerten oder sogar mit Verachtung begegneten. So dachten die Lehrer, die hauptsächlich schuld waren an seiner Misere, besonders der Timm, diese Niete. Ganz klar, sie alle hatten ihm das Leben versaut.

Er sann auf Rache.

Inzwischen hatte er das gesamte Gelände mehrfach umkreist, war vom Hauptgebäude hinter die Turnhalle gelaufen, um den kleinen und großen Schulhof, hatte sich zwischen den Autos auf dem Lehrerparkplatz hindurchgeschlängelt, war hinüber zu den Fahrradständern für die Schüler gleich neben einer Reihe von Mülltonnen geschlichen. Eng gedrängt standen hier die Räder, große und kleine, neue und alte, teure und schlichte, verrostete und blitzblanke.

Mit einem Satz sprang Frank hinter die ihm zunächst stehende Mülltonne. Da waren Stimmen, die ihm sehr bekannt vorkamen, noch bevor er überhaupt jemanden gesehen hatte. Ganz langsam schob er seinen Kopf hervor, Stück um Stück, gerade nur so viel, um Fritz und Hannes zu entdecken, die zwischen zwei blitzenden Fahrrädern auf dem Boden hockten, obwohl der Aufenthalt dort streng verboten war. Fritz hielt seinen geöffneten Rucksack zwischen den Knien, Hannes beugte seinen Kopf tief darüber. Sie flüsterten und hatten mal wieder kein Auge und Ohr für ihre Umgebung.

Treffer! Es schien, als ob das Glück noch einmal auf Franks Seite war. Er schob seinen Kopf ein bisschen weiter vor, denn bis jetzt konnte er nicht erkennen, was die beiden da trieben. Fritz zog etwas Schwarzes aus seinem Rucksack.

„Gib mir!"

Das war Hannes, der die Hand ausstreckte. Seine Wangen glänzten fiebrig, die Stimme klang heiser. Fritz wich zurück, seinen Rucksack an die Brust drückend.

„Sag mal, bist du krank?"

„Ach was, nur aufgeregt."

„Sollen wir dann das Ganze nicht lieber verschieben? Schließlich ist das hier keine Verabredung zum Sandkuchenbacken. Ich meine, bist du dir überhaupt im Klaren darüber, was du da vorhast?"

Hannes sprang auf und blitzte den Freund empört an. Glaubte der wirklich, dass er, Hannes, zurückziehen würde? Zugegeben, heute fühlte er sich nicht wirklich gut. Doch nie würde er Fritz eingestehen, dass er letzte Nacht nicht hatte schlafen können vor lauter Erregung; dass er an den Medikamentenschrank seiner Mutter gegangen war und sich Schlaftabletten genommen hatte; dass er sich nun reichlich benommen fühlte, aber ging es Fritz etwas an? Auch hatte die Mutter am Abend angedeutet, dass der Vater am kommenden Vormittag eintreffen würde und sich über das scheinbare Desinteresse ihres Sohnes gewundert.

Jetzt schien es Hannes, als ob der Freund kneifen wollte, dabei brauchte er nur die Pistole herauszurücken. Er, Hannes, würde das auch allein durchziehen.

Wow! Frank konnte sein Glück kaum fassen. Also doch. Kevin hatte keinen Unsinn geredet. Ausgerechnet die beiden Heimchen mit so einem gefährlichen Ding, das ziemlich echt aussah. Frank wagte sich kaum vorzustellen, was die beiden vorhatten. Welcher Zufall, dass heute sein erster Schultag nach dem Schulausschluss war, wobei er bis zu diesem Moment gezögert hatte, ob er sich an diesem Tag den Fragen und Blicken der Klassenkameraden wirklich ausliefern wollte. Doch nun war alles anders. Am Horizont seines Denkens zogen Handlungsmöglichkeiten auf wie Wolken an einem klaren Himmel. Ausgang allerdings ungewiss. Einen kurzen Augenblick überlegte er, welche Strategie er einschlagen sollte, dann wandte er seine Aufmerksamkeit wieder den Jungen zu.

Vorsichtig ließ Fritz die Pistole in die Hände von Hannes gleiten, der dastand, als ob er rohe Eier halten sollte. Die Jungen steckten die Köpfe zusammen und flüsterten wieder.

„Siehst du diesen Zapfen hier? Den musst du ganz durchziehen, zu dir hin, dann ist sie entsichert. Ich weiß nicht, wie viel Schuss im Magazin sind, aber drei könnten es schon sein. Pass bloß auf! Willst du das wirklich machen? Übrigens habe ich von Franks Clique gehört, dass er heute eigentlich wieder da sein müsste. Irgendwo gesehen habe ich ihn noch nicht."

„Super, das ist mir gerade recht", murmelte Hannes. Inzwischen hatte seine Gesichtsfarbe zu einem fahlen Weiß gewechselt. Fritz musterte ihn besorgt.

„Und ich, was mach ich?", flüsterte er. Ohne es zu merken, hatte er die Führung dieser Unternehmung an Hannes abgegeben.

„Du schleichst hinter mir bis zur Schultür, bleibst da stehen und passt auf, ob jemand kommt. Dann pfeifst du wie ein Murmeltier, du weißt schon."

Entschlossen schob Hannes die Pistole vorne in den Gürtel seiner Jeans, unter dem Anorak, warf seinen Rucksack auf den Rücken, zog die Kapuze tief ins Gesicht, drehte sich ohne ein weiteres Wort um und ging geradewegs auf die Eingangstür zu.

Er ließ einen reichlich geschockten Fritz zurück. Der stand sekundenlang wie gelähmt, als ob ihm die Tragweite ihres Vorhabens erst in dieser Minute so richtig bewusst wurde. Sollte er einfach weglaufen, so tun, als ob er nichts von Hannes' Vorhaben wüsste? Doch während auch er seinen Rucksack hochnahm, wich die Lähmung von ihm wie ein schlechter Traum. Ihm wurde klar: Fürs Davonlaufen war es zu spät.

Inzwischen hatte es zum zweiten Mal geklingelt. Nur noch vereinzelt hasteten Nachzügler die Treppe hinauf und stürmten durch die Schultür ins Innere. Der Lärm ebbte ab und machte planmäßigem Unterricht Platz; das Stimmengewirr ordnete sich zu Lehrer-oder Schülervorträgen und zum eingeübten Frage-und Antwortspiel; aus den Klassenzimmern, in denen Arbeiten geschrieben wurden, hörte man keinen Laut. Alles war wie gewohnt.
Hannes hatte die Eingangstür erreicht und drehte sich zu Fritz um.
„Ich komme nach, muss dringend aufs Klo", flüsterte der.
„Ja klar, mach dir bloß nicht in die Hose", zischte Hannes, den leicht verächtlichen Unterton konnte Fritz nicht überhören.
Als sich Hannes nach rechts dem ersten Gang zuwandte, setzte sich noch jemand unbemerkt und katzenhaft leise in Bewegung, öffnete geräuschlos die schwere Schulhaustür, nachdem Fritz nach links abgebogen war, und achtete darauf, dass sie nicht krachend ins Schloss fiel. Hannes bemerkte seinen Verfolger nicht, war er doch selbst einer; mit fiebriger Entschlossenheit folgte er den Spuren des Schwarzen, der vor ihm herschlich, aus dem Nichts kommend, der sich immer wieder umdrehte und ihn mit auffordernder Hand und freundlichem Lächeln ermutigte weiterzugehen. Wachte oder träumte er? Eine Stimme sprach zu ihm: Komm nur, alles in Ordnung!
So unterdrückte er aufkeimende Angst und huschte weiter.
Geh vor mir her, du, immer weiter, ich folge dir. Leise, langsam, dicht an der Wand entlang, Schritt für Schritt, so wie ich es im Traum oft gesehen habe. Du wirst sehen, ich kann das.
Er erwachte wie aus Trance, sah sich schnell um und stoppte kurz vor der ersten Klassenzimmertür. Unverkennbar die Stimme von Frau Schwab, die einen Schüler zum Lesen aufrief. Französische Sätze stolperten durchs Zimmer. Die kamen unverkennbar von Thomas, diesem Analphabeten,

diesem Stümper. Unwillkürlich musste Hannes grinsen, französische Texte lesen konnte er weit besser.

Sein eigener Klassenraum befand sich zwei Türen weiter. Welcher Lehrer war da drin? Frau Kampmann? Und wenn schon, darauf konnte er jetzt keine Rücksicht mehr nehmen, auch wenn sie immer sehr viel Verständnis für Fritz und ihn gezeigt hatte. Pech gehabt. Nun hörte er deutlich ihre Stimme.

Noch fünf Meter. In Hannes' Magen und Gedärm fing es vor lauter Aufregung auch an zu rumoren. Bloß nicht das jetzt! Zitternd schob er den Anorak beiseite und zog die Pistole behutsam aus dem Hosenbund. Drei Meter. Er hörte die vertrauten Stimmen seiner Klassenlehrerin, Mitschülerinnen und Mitschüler. Wo blieb nur Fritz? Hatte er doch gekniffen? Als ob er es geahnt hätte! Noch konnte auch Hannes fortlaufen, die Pistole ins Gebüsch werfen, ins Klassenzimmer gehen und sich für seine Verspätung lässig entschuldigen. Noch zwei Meter.

„Du bist am Ziel", flüsterte ihm der Schwarze ins Ohr, „jetzt gilt es. Sei ganz ruhig, du weißt doch, wie das geht. Ich habe es dir viele Male vorgemacht, und du hast es auf der Schutthalde geübt."

Hannes zog den Hebel durch, fasste die Pistole mit beiden Händen. Ja doch, er wusste, was er tun musste: Hochreißen-absenken-zielen-abdrücken. Ganz einfach. Bloß auf wen sollte er zielen, wenn sein größter Peiniger gar nicht im Klassenzimmer war? , schoss es ihm blitzartig durch den Kopf. Auf wen? Zu spät.

Er nahm die Waffe in die rechte Hand, die linke legte er auf die Klinke. Wenn seine Hände nur nicht so zittern würden! Langsam herunterdrücken. Jetzt!

Von einer Minute zur anderen waren da Schritte auf dem Flur. Erst nur leise, dann immer lautere, energische Erwachsenenschritte, von beiden Seiten stürmten sie auf ihn zu, harte Sohlen durchbrachen die Grabesstille, hämmerten auf den Boden.

„Hannes, nein!"

Die vertraute männliche Stimme, die plötzlich da war, wo sie eigentlich nicht sein konnte; die im Telefon war, im Handy, in München, aber nicht hier in der Schule. Verschwunden war der Schwarze, nur diese Stimme war da und rief seinen Namen: Hannes! Der Junge drehte sich verwirrt um, hielt inne, zögerte.

Da jagte ein dunkler Schatten von der anderen Seite heran und riss ihm die Pistole mit Wucht aus der Hand. Ein scharfer Schmerz durchzuckte seinen Arm. Hannes schrie auf.

„Gib her!"

Frank gab Hannes einen Stoß, so dass der torkelte und zu Boden fiel.

„Hannes!"

Zwei starke Arme rissen ihn hoch und zurück, schleiften ihn fast über den Boden, während Frank die Tür des Klassenzimmers aufriss, während Schüsse Glas zersplittern und Wände erzittern ließen, Schreie die Ruhe zerrissen, Stühle krachend umfielen und Mädchen kreischten und weinten. Als hinter ihm die Welt unterging, lag Hannes in den Armen seines Vaters und schluchzte, als würde er nie aufhören können zu weinen. Dass hinter dem Rücken seines Vaters Fritz stand, mit verheulten Augen, nahm er nur am Rande wahr.

Auf allen Seiten flogen Türen auf, Schülerinnen und Schüler stürzten panisch schreiend heraus, gefolgt von Lehrern, die mit lauter Stimme Befehle riefen, die niemand hörte. Durch die Halle flogen Schreie, Türen knallten, Handys klingelten. Auf hartem Boden trappelnde Füße, die in Todesangst dem Ausgang zustrebten.

Herr Friedemann zerrte beide Jungen mit festem Griff und raschen Schritten in die große Halle. Blutüberströmte Mädchen und Jungen, die sich aus dem Klassenzimmer von Hannes gerettet hatten, torkelten heran, wurden von Lehrerinnen und Lehrern in Empfang genommen und starrten diese mit weit aufgerissenen Augen an. Ihre Stimmen überschlugen sich oder versagten vor Entsetzen.

„Frank hat die Kampmann erschossen."

„Emma wollte ihn aufhalten, da hat er auf sie gezielt."

„Überall ist Blut, auch auf den Fenstern."

„Tina ist am Bein getroffen."

„Svetlana und Anna sind unter einen Tisch gekrochen. Da hat Frank drunter geschossen. Die haben vor Schmerzen geschrien."

Nur stoßweise konnte der eine oder andere Auskunft geben.

Mit weißem Gesicht, über das kleine, rote Rinnsale liefen, mit starren Augen, die sich weigerten zu glauben, was sie gesehen hatten, stand Kevin da, keuchend, sich den Arm haltend. Hand und Jackenärmel waren rot gefärbt. Seine Stimme klang heiser, die Lippen bewegten sich kaum.

„Frank hat sich selbst erschossen."

Polizeisirenen wurden rasch lauter.

Biografie

Dagmar Meyer wurde 1941 in Ostpreußen geboren. Nach der Flucht 1945 verbrachte sie Kindheit und Jugend in Geesthacht in Schleswig-Holstein. Anschließend studierte sie an der Pädagogischen Hochschule in Kiel für das Lehramt an Grundschulen und später an der Universität noch für das Lehramt an Realschulen. Nach Dienstjahren in Schleswig-Holstein und Berlin war sie bis zur Pensionierung Lehrerin in Baden-Württemberg. Nach Eintritt in den Ruhestand begann sie mit dem Schreiben.

Der Roman „Verliere nicht dein tapferes Herz" (2012, tradition und amazon) umfasst das Leben der Eltern der Autorin und die Kriegsjahre in Ostpreußen bis Fluchtende. Dem zweiten Band „Petticoat und heiße Sohlen (2015, Books on Demand) liegen Kindheits-und Jugenderinnerungen in Geesthacht zu Grunde. Das dritte Buch „Schwarze Spinne-Weiße Schlange (2017, tradition und amazon) spielt im Schulmilieu.

Der Roman „Pomeranzen klaut man nicht" erschien ebenfalls bei Books on Demand (2013). Daneben entstanden zahlreiche Kurzgeschichten.

MIX

Papier | Fördert
gute Waldnutzung

FSC® C083411

Zeitfracht Medien GmbH
Ferdinand-Jühlke-Straße 7
99095 Erfurt, Deutschland
produktsicherheit@kolibri360.de